追放された最強聖女は、街でスローライフを送りたい！2

やしろ慧

Kei Yashiro

Regina

登場人物紹介
ジュリアン
アンリの従者でフェリシアの甥。
フェリシア
王宮付き魔導士。
リーナの良き友人。
ミケちゃん
みーちゃん
アンリ
リーナの幼馴染。
王の私生児で伯爵位を持つ。
リーナやシャルルと
同じ孤児院で育った。
リーナ
聖女と呼ばれる治癒師。
幼馴染の勇者シャルルに
いきなり追放された。
前世の記憶を持ち、
一部の動物と会話できる。

アンナマリー
侯爵家の令嬢。
アンリとの婚約の
噂がある。
クロード
王太子でアンリの兄。
リーナたちに
魔物の追跡を
命じる。
レストウィック
魔導士団の師団長。
見た目は子供の
性悪(?)エルフ。
シャルル
聖剣に選ばれし勇者。
魔物に体を乗っ取られ
カナエと共に失踪した。
カナエ
異世界から来た女性。
リーナの代わりに
シャルルに同行した。
その目的とは——?

目次

追放された最強聖女は、街でスローライフを送りたい！２

プロローグ　始まりは、春の風

「久々に戻ってきたけれど、王都はにぎやかね！」

私――リーナ・グランは空に向かって両手を上げて、大きく背伸びをした。

王都の地図でいう中心には、祝祭や式典で使われる広場があり、その広場を大きな道がぐるりと囲んでいる。

初代国王の名を冠した美しい広場では、祝日の今日に相応しくあちこちに出店が並び、人と活気にあふれていた。

背伸びをして一息ついた私は、その様子を物珍しげに見回した。王都に来たことは何度もあるんだけれど、こういった観光的なことをするのは初めてだ。

「貴女も元気ね。先週戻ってきたばかりなのだし、少しゆっくりしたらいいのに」

「だって今日はいい天気だし！」

私は同行者の魔導士――フェリシアに応えた。アンガスの街から王都に帰還してようやく一息つけたのは、帰還から三日が経った頃だった。

私は大陸の中央に位置するこのハーティアという王国で治癒師をしている。治癒師とは、人を癒(いや)すことができる異能を持つ人の総称だ。

つい最近まで、この能力を活かして同じ孤児院出身の勇者シャルルとパーティを組み、魔物が出るというアンガスの街のダンジョンへ派遣されていた私。

だが魔物と出会って負傷をした挙句(あげく)に、シャルルと仲違(なかたが)いをし、パーティを追放されてしまった。ひどい扱いに腹を立てた私は、彼らのことは全て忘れて、街でスローライフを送りたい！

——なんて思っていたんだけど。

そう、うまくは事が運ばないらしい。

アンガスの街でギルドの最上階に間借りしつつ、可愛い猫二匹と楽しい生活を送っていたのは、ほんのつかの間。

私を追放したシャルル一行と、彼らのパーティに新しく加わったカナエという女性に不穏な動きがあると告げられ、私は彼らのあとを追った。

パーティメンバーはダンジョンの魔物にひどい目に遭わされ、シャルルは魔物に体を乗っ取られていたことが判明した。

結局私の力が足りずに、シャルルとカナエ、それからシャルルを乗っ取った魔物を取り逃がしたのは……二週間ほど前のこと。

私はアンガスで再会したもう一人の幼馴染で、国王の私生児でもあるアンリ・ド・ベルダン伯爵と共に王都へ戻ってきたのだった。

そして今は、元冒険仲間のフェリシアの家に居候をさせてもらっている。

「気分転換は必要よね」

その意見にフェリシアも同意してくれたので、私達は出店をのんびりと観察しながら歩く。

広場の中央にある野外の劇場に人だかりができていた。二人で覗くと、初代国王の建国をテーマにした劇が上演されている。

ハーティアの国民なら誰もが一度は見たことがあるものだ。

初代国王が聖剣で敵の軍を追い払い、悪い魔物も殺して王妃様を救い出し、彼女と幸せになる。

「ハーティアに恵みを！」

国王役の役者が高々と剣を掲げて宣言する。ちょうど魔物を倒したところらしい。黒い毛むくじゃらの着ぐるみが舞台の上に転がっている。

観客は一斉に拍手し、わあっと歓声が沸く。

王妃役の女性が国王役に駆け寄った。

「ああ、陛下。助けていただきありがとうございました。どうか私を救ってくださったように、この国の民もお守りください……！」

こうして悪者を倒した王様とお姫様は、いつまでもいつまでも平和に暮らしました。

そういう話なのだ。

誰もが知っている建国の歴史だけど、本当はどうだったのかなあ。

午前中ずっと広場を散策し、気分転換できた私は、フェリシアに聞いてみた。

「フェリシアは午後は仕事だよね？　私もいつまでものんびりはしていられないし、図書館にでも行こうかなと思っているんだけど……」

「図書館？」

「アンガスの伝承について少し調べてみたいなって。フェリシアの権限で王立の図書館に入れてもらえたりするかな？」

フェリシアはそれなら、と言って紹介状を書いてくれた。

王宮付き魔導士の紹介状があれば王立の図書館にも入館できるらしい。私はフェリシアにお礼を言って、図書館へと向かった。

たどり着いた図書館は地下にあり、ひんやりとしていた。

ちょうど昼食時だからか、貸出カウンターらしき場所は無人だ。探している本はどこにあるかな？　と書架（しょか）を眺めていたら、背後から呼び止められた。

「お嬢さん、何かお困りですか？」

振り向くと品のよい青年が立っていた。金の髪は明るく目立っているけれど、瞳の色は周囲が暗くてよく見えない。

職員さんだろうかと思いつつ、私は彼に紹介状を差し出した。

「魔導士フェリシアの紹介ですか。貴女のお名前は？」

「リーナ・グランと申します。古書を閲覧（えつらん）したいのですが」

私が事情を話すと、彼は「ああ、それなら」と奥の部屋を示してくれた。

「聖女と名高いリーナさんが、歴史にもご興味をお持ちとは」

青年は私を知っているようだった。

「聖女だなんてとんでもない」

その呼び名に私はあまり相応（ふさわ）しくない。ただ、他の人よりちょっとばかり治癒が得意なので、一部の人からは『聖女』と呼ばれている。

青年の表情には、好奇心だけで邪気はないけど、なんだろう……距離感も遠慮もないな。

私が「えへへ」と笑って誤魔化せば、青年はにっこりと微笑み、それ以上は深入りせず目当ての本の場所を教えてくれた。

「ご親切にありがとうございます」

「いいえ、リーナさん。またいずれお会いしましょう」

またいずれ？

何か引っかかる言い方だなと思ったけど、彼はさっと姿を消してしまう。

私は気を取り直して本棚の林に足を踏み入れ、その日は一日中、アンガスの歴史書探しに没頭した。


次の日。

午前の勤務を終えたフェリシアはため息をつきつつローブを脱いだ。

「昨日も思ったけれど、久々の出勤は半日だけでも疲れるわ」と簡素な部屋着をまとって髪を下ろした姿は、同性から見ても色っぽい。

私は王都に家を持っていない。以前シャルルと王都にいたときは国教会が用意してくれた屋敷に宿泊していたんだけど、なんとなく戻る気になれずにいたら、フェリシアが私を家に誘ってくれたのだった。

フェリシアの屋敷は王宮から少し離れた閑静な高級住宅街にある。二階建ての建物で、一階には大きめのリビングとキッチンやお風呂、それにフェリシアの部屋と可愛らしい庭がある。二階には寝室が二つあり、私はその一つを借りていた。

古いから安かったのよ、と言いつつも内装はリノベーションされていて全く古さを感じさせない。さすが王宮魔導士、リッチだなあ。

「いつまでも居候じゃ悪いし、ギルドに登録しようかなあ。王太子殿下にいつ会えるかもわからないし」

「ギルドに登録する前に、王太子殿下から王宮勤めをしないかってお誘いがあると思うけど？」

「それは遠慮したい、です。……きっと魔物のことでお叱りを受けると思うし。とはいえ、会わなくちゃいけないんだよね……」

私はちょっとため息をついた。

アンガスであった色々なことのご報告を、早くしてしまいたいな。そしてシャルルを探しに行きたい……その手がかりがあるかはわからないんだけど。

しかし、『シャルルの仲間ではないただの治癒師』の私には、王太子殿下への謁見の順番などなかなか回ってこない。

周囲から聖女って言われても、やっぱり私は平民だもんね、とちょっと胸の辺りがチクリとする。

アンリ、ちゃんと王太子殿下とお話しできたかな。

私生児とはいえ弟だから、約束なんか取り付けなくてもすぐに会えるだろうけど……

「王太子殿下はお忙しい方だから。でも明日か明後日には会えるわよ」

「うん！　どんな方か楽しみだな」

私は内向きになりそうな気持ちを振り払うように、元気に返事をした。

無駄に時間があるのはよくないな、うだうだ考えてしまう。

「お昼ご飯にする？」

「あら、作ってくれるの？」

「居候（いそうろう）の身ですから。なんなりと、マダム！」

「そうねえ、何をお願いしようかしら」

フェリシアは何事においても器用な人だけれど、料理だけは壊滅的に苦手だ。

じゃあ、準備を……と思ったところで、コッコッと硝子窓（ガラスまど）から音がした。

そちらを振り返ると、窓辺に綺麗な青い鳥がちょこんと止まり、紙を咥（くわ）えて待っている。

「……伝令だわ」

フェリシアが窓を開けると、青い鳥はふわりと飛んできて彼女の長い指に乗る。その鳥がキラキラと光って霧散したかと思ったら、代わりに一枚の紙が現れた。

「わあ！　綺麗」

初めて見る魔法に私が感動している横で、フェリシアはこめかみに手をあてている。

「上司からの呼び出しよ。確かに綺麗かもしれないけれど、前時代的な呼び出し方は勘弁してほしいわ。石版があるんだから、そちらで連絡すればいいのよ！」

「えー、情緒があっていいのに」

「非効率的なのは嫌いなのよ！」

フェリシアは紙をぐしゃりと握り潰した。

苦々しげだなあ。手紙を送る方法がどうとかよりも、送ってきた相手のことが苦手みたいだ。

「リーナ、ごめんなさい。上司のところへ行かなきゃいけなくなったわ。よければ貴女も来ない？」

「え？　私？」

王宮付きの魔導士であるフェリシアの上司って……！

「王太子殿下の、直属の部下の一人よ。……貴女に会いたいみたいなの。お昼を一緒にどうか、って……」

フェリシアは脱いだローブを再び羽織り、はあっとため息をついた。

「私が屋敷に戻ってくるタイミングを見計らって、鳥を送ってきたんだわ……まさか、この屋敷を監視しているんじゃないでしょうね？　どこかに、監視の術が……？」

なんかブツブツ言いつつ、一気に疲れた様子を見せているぞ。フェリシアの上司ってどんな人か興味があるな。

「行きます！」

こうして私はフェリシアと共に、思わぬ形で王宮（の外れ）に出向くことになった。

第一章　新たな出会い

「王都の魔導士団って、どんな団体なの？」

王宮へ向かう道すがら、私はフェリシアに尋ねる。

彼女は王太子殿下が束ねる魔導士の集団のうちの一人なのだ。

フェリシアはちょっと肩を竦(すく)めてみせる。

「魔導士の団体と言っても、三十人はいないのよ。近衛(このえ)騎士団や飛竜騎士団(ドラゴン・ナイツ)の半分にも満たない、少ない集まり」

「少数精鋭なんだ？」

「と言えば聞こえがいいんでしょうけどね？　王立の魔導士団はそもそも王族の……さらに言うなら代々の王太子殿下の私兵なの」

フェリシア達の直属の上司は王太子殿下、すなわちアンリの兄上だと聞いている。

「王太子殿下がおおらかな方だから、私達は概(おおむ)ね自由にさせていただいているわ。……悪い人達ばかりでもないけど、変わり者が多いのが難点なのよね……」

なんだか聞き捨てならないセリフだ。

私が不安げな表情で美魔女を見つめると、フェリシアは苦笑のような、もしくは悪戯を仕掛ける前のような、なんとも複雑な笑いを浮かべた。

「言っておきますけどね、リーナ。私が貴女とシャルルの同行者に選出されたのは、王都にいる魔導士の中で一番常識的かつ温厚だからですからね？」

「……は、はい」

フェリシアは温厚で素敵な人だけど、ちょっぴり浮世離れはしている。

そのフェリシアが一番、常識的なのかぁ……

「王都の魔導士は皆、変人ですから！　何を見ても驚かないでちょうだい」

「……は、はーい」

「ついでに言えば、私の上司が一番変態だから」

「変態」

「命令じゃなかったら、絶対会いに行きたくないわ！」

ぷりぷりと怒るフェリシアにすさまじい不安を覚えつつ、私は王宮の東門をくぐった。

国王陛下やそのご家族の住む離宮から少し離れたところにある、苔むした二階建ての煉瓦作りが魔導士の詰所らしい。

「王宮のこんな外れにあるの？　騎士団の宿舎の近くにあるのだとばかり」

「……上司に会えば理由がわかるわよ」

不安だけど、どんな人なのか楽しみだなあ、と思って建物を見上げる。

フェリシアが二階の左端にある大きめの窓を指さした。そこだけ改修したのか、壁も窓も新しい。

「あそこが、我らの代表がいる部屋よ」

「さすがは代表の執務室だね！　他の部屋とは壁の色が違うし、窓も大きい！」

「……あー、それはね。別に代表だから違うわけじゃないのよ」

「へぇ？　そうなの？　じゃあなん……」

で？

と私が問う前に、建物から大声が聞こえてきた。大声というよりまるで悲鳴と怒号だ。

「おいっ！　また団長がやらかしたぞ！」

「伏せろっー！　伏せろーっ！　全員退避ーーっ！」

「きゃーーー！　また予算がーーーっっ!!」

私は「へっ？」と言いつつ声がする方を見た。

「リーナ！　危ない！　伏せて！」

「うえええ!?」

フェリシアの豊かな胸に押し潰されるように、私は草むらに転がる。

耳を塞いで！　と誰かが叫んだ。

何ごとぉ!?　と思いつつも慌てて耳を塞ぐ。

ドオオオオオオオオン!!

爆音が響いて、爆風で飛ばされそうになる。

ドンっ！　ドンっ！

小さな爆発音が背後から聞こえた。ひいっ！　何これ!!

三十秒ほど瞼を閉じてから、恐る恐る辺りを窺う。するとフェリシアが団長の部屋だと教えてくれた場所を中心に、壁ごと部屋が吹っ飛んでいた。

そこからは魔導書だったと思しき紙が、まるで雪のようにヒラヒラと舞っている。

私は目を丸くした。

建物の惨状にもびっくりしたけれど、その部屋からふわりと飛ぶかのように、小さな人影が舞い降りてきたからだ。

──人が飛んでいる？

小さな人影は顎に手をあてて、ゆっくりと地面に着地すると、砂を払うかのような仕草で服のあちこちについていた火の粉を払った。

「……うまくいかないなあ、火力の調整を間違えた？　いや、鳥を呼ぶタイミングを誤ったのか？　鳥がまだ若すぎて、火のコントロールができずに暴発したのかな？　これがもう少し成熟した鳥だったなら……！」

ブツブツと意味不明な言葉を紡ぐ人影に、フェリシアが頬を引きつらせ、ついで目を吊り上げた。

「レストウィック！」

「ああ、フェリシア、よく来たね！」

「よく来たねじゃないでしょう！　なんなんですか、これは！」

「君が聖女を連れてくるっていうから、歓迎の意味を込めて、火の鳥を召喚しようとしたんだよ。失敗しちゃったけどね、はっはっは！」

聖女って私⁉　この惨状って私のせい⁉

青くなった私の横で、フェリシアは青筋を立てて怒っている。

「馬鹿言わないでください！　団長！　貴方じゃあるまいし、初対面で霊獣を呼び出されて嬉しい人間はいません！　死人が出たらどうするんです！」

団長⁉

私はフェリシアと対峙(たいじ)している小柄な人物をまじまじと見つめた。銀色の髪に緑色の瞳、そして尖った耳。少年に見えるけれど、世慣れした視線だけは年齢を誤魔化(ごまか)しようがない。

エルフだ。しかも多分、純血の！

驚く私をよそに、団長……レストウィックと呼ばれた彼は真顔で頷く。

「大丈夫だよ、フェリシア。我が王宮魔導士団は全員、素晴らしく危機管理能力が高い。みんな火傷一つ負っていないだろう？」

その言葉に、私の背後にいる二人組の男性がぼそぼそと抗議する。

「……好きで危機管理能力が高くなったわけじゃない」

「あんたがいつも、気まぐれに殺人的な実験をするからでしょうが！」

私はあらためて魔導士達の詰所を見つめた。

あちこちに修繕の跡があって、しかもそれが団長の執務室の辺りに集中しているのは……レストウィックさんが今みたいな危ないことをするから、か。

「また！　また修理が必要じゃないですか！　予算なんてないのに！」

「大丈夫だって。予算がなくなったら坊やの個人資産から捻出すればいい」

「坊や？」

「王太子だよ、フェリシア」

「不敬なことを言わないでください」

にぎやかに言い合う二人を横目に、私はつま先を前に向けた。

首を傾げて、建物を観察する。

「……どうかした？　リーナ」

気づいたフェリシアが問いかけてきたので、私はニコッと笑ってみせた。

「復元！　できるかも！」

「リーナ！　貴女、そんな大掛かりな魔法を使ったら魔力が……」

「大丈夫。今壊れたばっかりだもの。そんなに魔力は消費しないよ」

私は簡易的な陣を建物の前に描く。

本当は、建物をぐるっと囲んで描くのがいいんだけどな！

レストウィック団長は私の動きを興味深そうに見るだけで、止めはしなかった。

私は二人に背中を向けると、印を組んで呪文を唱えた。

手の中と、足下の魔法陣が淡く光る。

「復元せよ」

私の声に応えて、爆風で散らばった煉瓦の欠片が宙に浮き上がる。魔導士達が呆気にとられているのを視界の端にとらえながら、私は命じた。

「無垢なる石よ。在りし時の姿を思い出せ。復元せよ！」

すぐに元通りになった壁を見上げて、ヨシと頷いてから、上機嫌で振り返った。

ギャラリーから感嘆の声と拍手が起こる。

私はどうも！　と笑顔を振りまき、心配そうなフェリシアに『大丈夫』と手を振った。

魔物の魔力の影響で、大掛かりな復元をしても魔力の枯渇は感じない。

レストウィック団長が少し、口の端を吊り上げた。

なんだか満足そうなんだけど……わざと壊した、とかじゃないよね？　若干不審に思いつつも、ニコリと微笑まれてつられてしまう。

「噂には聞いていたが、貴女の魔力はすごいものだな。招きに応じてくださって礼を言うよ、聖女殿」

「お招きいただきありがとうございます、レストウィック団長」

私達はとりあえず、友好的に握手を交わした。

「遠慮なく寛いでくれ、聖女リーナ」

復元した執務室に通された私は、お茶をごちそうになることにした。

しかし、足の踏み場もないなあ！

所狭しと並べられた、本、本、本……！

ブックタワーが何箇所もできていて、無事なのはソファの周りだけ。すごい部屋だな。

フェリシアは慣れているのか平然とし、エルフの少年（に見える）レストウィックも一人分だけ空いたスペースに器用に座っている。

全部魔導書なのかなーと思いつつきょろきょろ見回していると、小さな物音がした。

ギコギコと音がして……楕円形（だえんけい）の陶器を二つ縦に繋げたような人形がこちらに向かってくる。

「人形が自動で歩いているの？」

『コンニチハ、オ客サマ』

「喋（しゃべ）るんですか!?」

「ちょっと特別製でね、さあ、お客様にお茶を出すんだ」

『ハイ、マスター』

人形は、先が三つに分かれた手のような器具を使って、器用に給仕をしてくれる。

「わあ！　すごい。これは魔力で動いているんですか？」

「そう、体は魔鉱石でできているんだ。何故か僕の秘書はすぐ辞めてしまうことが多くてねー？　仕方なく、この人形に雑事をさせているんだ」

ロボットみたい！

かっこいいなあと観察する私の横で、フェリシアが眉間に皺を寄せている。

「頻繁に爆発する執務室をお持ちの方なんて、秘書に逃げられて当然です。それで？　レストウィック、私を呼び出したのはなんの用件ですか？」

「アンガスでの諸々を報告してほしかったんだよ、君の口から」

少年（仮）は、しばらく遠くにいたのでね、と付け加えた。

「ご報告が遅れて申し訳ありませんでした」

フェリシアが彼に説明するのを隣で大人しく聞いたあと、私はアンガスの魔物のこと、それから姿を消したシャルルとカナエのことも説明した。

レストウィックは私達の話を聞いて、ふぅんと顎に指を添えた。

「人の意識を乗っ取る魔物ねえ。厄介だな」

「そういうことができる魔物なんて、本当にいるんでしょうか……」

私が首を傾げると、彼は笑った。

幼い外見に反して緑の瞳は皮肉げで老成している。

レストウィックが片手を上げると、ロボット……と呼んでいいのかわからないが、給仕人形がとことこと歩いてやってきた。手にはお盆を持っている。

「僕は魔物じゃないけれど、人形に命令をして意のままに操ることができる。こうした異能があれば簡単なことじゃないかな。しかし勇者が乗っ取られ、国教会の治癒師まで操られているとは――世も末だね」

レストウィックのカップを受け取った給仕人形は、今度は私達のそばに寄って『空イタカップヲ、ドウゾ』と顔のない楕円形の頭をわずかに傾げた。

「ありがとうね、お利口さん」

『……オリコウサ？』

給仕人形は沈黙した。私の言葉がわからなかったんだろう。

「人形に礼を言ったのは、君と、あのカナエくらいだな」

レストウィックは軽く笑って窓の外を見た。

「異世界というものに僕は興味があってね？　彼女を招待して、ここで彼女の故郷について色々尋ねたことがある。大抵の人間はこの人形を気味悪がって近寄らないが、彼女は可愛いと褒めてくれたよ。彼女の故郷に魔法はないが、代わりに優れた技術があるらしい。こういった人形が、街の至るところにある、と……」

私は曖昧（あいまい）に頷いた。前世の記憶があるから知っているけど、そのことは秘密にしている。

「カナエも、無事に見つかるといいけれど」

フェリシアの意見に「それは賛成しかねる」と言って、レストウィックは私達を見た。

「カナエと一緒にアンガスに赴（おもむ）いた青年は、侯爵家と縁続きの人間だ。その青年は行方不明で、カナエには殺人の容疑もかかっている。見つからない方がいいかもね」

「そんな」

思わず抗議するような声をあげてしまった。

「ま、詳細は彼女に聞かないとわからないだろうけど」

カナエの同行者の青年もまだ見つかっていない。彼も生きていたらいいんだけどな、と思っていると、レストウィックが器用に片方の眉を跳ね上げた。

「おや、噂（うわさ）をすれば、だ！　侯爵家の本流の方がいらっしゃった」

本流……？　侯爵家の？

なんのことです、と聞く前にレストウィックが立ち上がった。そして軽く手を上げて、高らかに宣言する。

「隠れろ（コンシール）！」

「わっ！」

「きゃあ！」

バサバサと風が吹いたかと思うと、積み上げてあった本達が意思を持った鳥のように舞い上がり、いつの間にか現れた壁一面の本棚に自らダイビングしていく。

瞬く間に床は綺麗になり、本棚には整然と魔導書が並ぶ。ごく普通の執務室になったその部屋で、私はポカンと口を開けた。こんな短い時間に、嘘みたいな早変わりだ。

レストウィックが指を鳴らすと、本棚は消えてただの壁に戻った。

……私も聖女だなんだともてはやされることが多いけど、レストウィックの魔力にはすさまじいものがある。

「レディが来るなら片付けないといけないよね？」

「最初から片付けておいてください。私をなんだと思っているんです？」

「気だけ強い小娘」

小憎らしく両手を広げたレストウィックを見て、フェリシアが額に青筋を立てる。レストウィックは扉に向かいながら、体を少しだけ振り向かせた。

「淑女として扱ってほしければ、もう少し冷静さを保つことだね、フェリシア。君は魔導士にしては感情に波がありすぎる」

「……肝に銘じます」

フェリシアは何か言いたそうだったけど、諦めたように謝罪した。誰かがノックするより前に、レストウィックが扉を開く。

「お邪魔するわ、団長」

「お待ちしておりましたよ、レディ」

「貴方にばれないように足音を忍ばせて来たつもりだったけど、全然だめね？」

「私が貴女様の気配に敏感なのです、麗しのアンナマリー」

先程の横柄な態度が嘘みたいに、レストウィックはしおらしく挨拶した。

『麗しの』アンナマリー。

魔導士団の団長が口にした言葉は……全くお世辞ではなかった。艶やかなストロベリーブロンドは、まるで金の粉でもまぶしたみたいに輝いて、緑色の瞳は綺麗なアーモンド形。

何より陶器みたいに白い肌にはシミ一つない。思わず彫像が動いたかのような錯覚を覚える、そんな美女だった。

私の不躾な視線に気づいたのか、美女がこちらを向く。

フェリシアがソファから立ち上がって頭を下げ、私も慌ててそれに倣う。

「お話し中だったのかしら？　フェリシアの横にいる方には初めてお会いするわ」

「私の客人です、レディ」

レストウィックが紹介してくれるかな？　と思ったけれど、彼はにっこりと笑うだけで何も言わない。

とはいえ、高位の人に自分から名乗るのは失礼だろう。

困惑して沈黙したままでいると、レディは扇子で口元を隠した。

「私は、アンナマリー・ド・ディシスといいますの。貴女はどなたかしら？」

「お会いできて光栄です。私はリーナ・グランと申します、お嬢様」

アンナマリー様は私の名前を聞いて、「まあ！」と一声あげた。その背後にいたお付きの二人のうち、年輩の方の女性が、鋭く私を睨みつけた。

ええ？　なんだろう、このピリピリ感。

「リーナ・グランさん……。アンリ様の幼馴染で、聖女リーナ……？」

それは私への問いかけというよりも、確認だった。

アンリの名前が出た途端、お付きの人の目が険しさを増す。

嫌な予感がして背中に汗が伝う。

「聖女とは大げさです。ただの治癒師をしております」

私が答えると、アンナマリー様は扇子で口元を隠したまま「うふふ」と笑い、緑色の目を猫みたいに輝かせた。

「まあ！　貴女がそうなのね？　是非お会いしたかったの、お会いできて嬉しいわ！」

「あ、ありがとうございます」

「……後日ゆっくりね？」

もう一人のお付きに何事か囁くと、アンナマリー様はレストウィックを伴って退室する。

残された私とフェリシアは頭を下げて、はーっと息を吐いた。綺麗すぎて緊張するな、あのご令嬢。

「お嬢様は……」

「わっ！」

若い方のお付きが目の前にいて、私は叫び声をあげた。

まだいたんだ⁉　気配がなかったよ！　全く！

「あ、あの、何か？」

黒い服を着た侍女らしき女性は、胸元から封筒を取り出した。

「な、なんですか？　これ」

「侯爵令嬢アンナマリー様は、今度の満月の夜にささやかな茶会を開かれます。これはその招待状です」

「へっ……？　茶会？」

「お嬢様は貴女をご招待したいと仰せです。必ず出席なさいますように」

「そんな、いきなり言われても！」

「侯爵家の誘いを断るに足る予定が何かおありですか？」

……ありませんけども。

言葉に詰まっていると、侍女は私に封筒を押しつけ、「それでは」と慇懃無礼に去っていく。

横暴だあ……！

私は苦い顔をしたままフェリシアと共に、執務室に取り残された。

侯爵家の茶会⁉　そんなの行きたくないよ！

王都に来たのは王太子様にお会いして、シャルルの行方を追うためだ。侯爵家の茶会になんて、参加している場合じゃない。

――のだけど。

「アンナマリー様は侯爵家のご令嬢だし、顔も広い方だから、友好を深めるのは悪くなフェリシアの屋敷に戻った私は、例のお誘いのことで頭を抱えている。

い、と思うわよ？」

「断っちゃ駄目かなあ」

「何か含むところがあると思われたら損ではない？」

私は再び頭を抱えて、仕方なく招きに応じることにした。

侯爵家に行くようなドレスなんて持ってないんだけど！

アンナマリー様の姿を思い浮かべてますますため息をつきたくなる。ド派手な深紅のドレスを着こなせるとは、侯爵令嬢、恐るべし……。

アンリと何かありそうな美女か。

私には関係ないけど、モヤッとする……。

「……すごい美人だったけど、どんな方なの？」

フェリシアは私の問いに、うーん、と首を傾げた。

「福祉活動に熱心で、聡明で、お優しく……評判のよろしい方だけど」

だけど、という言葉のあとには、ろくでもない文言が続きそうだ。フェリシアが眉間に皺を寄せる。

「我が性悪団長様と、ものすごく仲良しなのよね……」

レストウィックのこと、そんな風に呼んでいいのかな。

「私、エルフの方に初めて会ったよ。レストウィックは純血のエルフだよね？」

何代か前の国王が魔族やエルフといった亜人を嫌ったので、彼らはハーティアを追われた。そのせいで純血の魔族やエルフは、この国にはほとんど存在していない。

「そうよ。見た目は可愛らしいけど、中身はアレですからね……アンナマリー様がリーナを茶会に呼んだのも、何か意図があるのかしらね？」

私はレストウィックのいかにも食えない笑顔を思い出した。

十五歳くらいに見えたけど、本当は何歳なんだろう。

「そういえばレストウィックと随分親しそうだったね」

「アンナマリー様が子供の頃から付き合いがあるらしいわよ？」

へえー、と思っていたら、コンコンと窓を叩く音がした。

うん？　と私達が視線をやると、二匹の猫がにゃーと鳴いている。私は彼らを迎え入れるために窓を開けた。二匹がぴょんと飛んで中に入ってくる。

「みーちゃん、ミケちゃん！　おかえりなさい」

『ただいま帰ったのである、盛大に迎えるのである！』

『おなかすいたにゃ！』

アンガスからついてきた猫ズは、今は気ままに王都の街を探索している。

王太子殿下に会うときは連れていこう、と思っているけど、今はおうちで待機だね。

ミケちゃんが、にょーんと伸びる。それを抱き上げて私はため息をついた。

うう、もふもふ癒（いや）されるよ。

「貴族の集まりって何を着ればいいんだろう」

「私のドレスでよければ貸すわよ？」

「……お世話になりっぱなしで申し訳ない。よろしくお願いします」

はあ、と再びため息をついたところで、私の石版（タブレット）にアンリから連絡があった。私が石版（タブレット）に触れると、掌（てのひら）サイズのアンリの映像が現れる。

数日ぶりの幼馴染（おさななじみ）の姿に、ほっと息をつく。そんな私にアンリは笑顔で手を振り、とんでもないことを言った。

『アンナマリーの茶会に行くって？　彼女が楽しみにしてたぞ』

「……!?　どこで聞いたの？」

『うん？　さっき王宮で会った。というか、毎日会うからな、最近』

なんだか脱力した。私は石版（タブレット）越しでさえ久々に会うんだけど、アンナマリー様とは毎日会うわけですね!?

『俺も遅れて参加するから！　茶会で会おうな』

「え!?　待って、アンリ！」

プッン、と音を立てて小さなアンリは消えてしまった。フェリシアが私を気遣うように「実は」と打ち明ける。

「アンナマリー様は、アンリ様との婚約の噂があったのよね」

「なんとなく、そんな気はしてた……」

あれかな。茶会に呼び出されて、『貴女はアンリ様に相応しくありません！』とか高笑いされちゃうのかな。

そんな関係じゃないんだけどなーと思いつつ、私はがっくりと肩を落とした。

フェリシアがきっと似合うと言って貸してくれたドレスは、若草色をしたシンプルで品のいいものだった。

同行者を一人連れてきてもいい、とのことだったけれど、フェリシアは直前にレストウィックから呼び出されてしまい、私は単身でお茶会に行くことになった。

「お待ちしておりました、グラン様」

髪をオールバックに撫でつけた執事さんが広間へ案内してくれる。目立たないようにそっと入室したにもかかわらず、目敏いご令嬢が扇子を口元に寄せてお仲間に囁いた。

「あの方、初めてお見かけするけれど、どなたかしら？」

「ああ、彼女？　平民だが、有名な治癒師のはずだ」

「平民？　どうして平民が侯爵家に？」

「治癒師だから、国教会がらみの寄付のお願いに来たんじゃないかな？」

……たまたま聞こえているのか、わざと聞かせているのか。

どちらにしろ、針のむしろだな。

「知らないの？　あの方、アンリ様にひっついて王都に来たのですってよ」

「伯爵にはアンナマリー様がいらっしゃるのに、身の程知らずよねぇ」

もう無理。アンナマリー様に挨拶だけして、さっさと帰ろう……

私がため息をついていると、突然声をかけられた。

「ようこそおいでくださいました。聖女リーナ」

「はい！」

驚いて振り返ると、ストロベリーブロンドの美女が現れた。

美しい髪を背中に流し、抑えた黄色の生地に同系色の糸で花々が描かれたドレスを着こなしている。髪飾りも同じデザインで、周囲の人々が見惚れているのがわかった。

……気配を全く感じなかったんですけど！

「お招きにあずかり光栄です、アンナマリー様」

「急にお招きして申し訳なかったわ」

「いえ、とんでもございません」

私達は微笑み合い……なんとも不自然な沈黙が落ちる。挨拶さえすればどこかへ行ってくれると思ったのに、アンナマリー様はにこにこと私に微笑みかけているばかりか、がしっと意外に強い力で私の手を取っていた。

「逃さないわ……」

そんな声が聞こえた気がして、私はきょろきょろと左右を見回す。ち、違うよね、今のドスが利いた声は空耳だよね？

戸惑う私に、ご令嬢はさらに微笑んだ。

「せっかくいらしてくれたんですもの、屋敷を案内したいわ」

行きたくない！　と拒否するには周囲の目がありすぎる。私は諦めてアンナマリー様に従い、二人で広間を出た。

背後には私に招待状を渡してくれた侍女もいる。アンナマリー様は広間からさほど離れていない部屋に私を連れ込むと、「お座りになって」と椅子を勧めた。

「あの、何かご用でしょうか？　私は特にお話しすることは……」

彼女はフッと不遜に笑い、私の前の椅子に腰かけた。緑色の瞳を細めて私を見る。

「もうすぐ、伯爵がここにいらっしゃるわ」

「……アンリのことですか？」

「ええ、そう。伯爵が来たら、貴女の口から彼に言ってほしいセリフがあるの」

非の打ち所がない美女は、侍女に命じて何やら折りたたんだ紙を受け取る。

アンリと婚約の噂がある侯爵令嬢が、私の口からアンリに言わせたいセリフ？

私とアンリは単に幼馴染だけど、彼女が変に誤解しているのなら、内容は想像がつく。

「誰かに強要された言葉なんて、私は言いません。言いたいことがあるなら、ご自分で言えばよろしいのではないですか？」

きっぱり拒否したら、アンナマリー様は扇子をぱちん！　と閉じて深くため息をついた。

「私が言ってもなんの効果もないわ！　これは貴女が言うべきなのよ！　とりあえず、お願いだから読んでみて！」

紙を押しつけられ、私はちょっとムカっとした。強引な人だな！

そこまで言うなら読んであげようじゃない！

紙を開いて、流麗な文字で書かれたセリフを読み上げる。

『ねえあんりたすけて。このあんなまりーさまが、わたしをつきおとそうとしたの』

『なんだってりーな、ゆるせない。あんなまりー、あなたとのこんやくははきだ』

……………ん？

予想外のセリフに、脳内の処理が追いつかない。固まった私をよそにして、アンナマリー様は口元に手をあてた。

「あら？　それ違うわ、二枚目のセリフだわ！　ロゼッタ！　一枚目の紙を！」

「はい、お嬢様」

「ごめんなさいね、リーナさん。読んでいただきたかったのはこちらよ」

「え？　はい？」

アンナマリー様はごそごそと文箱(ふみばこ)の中から紙を漁って、うきうきとしながら私に手渡した。

「はい、読んでちょうだい」

……気が進まないけど、ここは読むしかない。

『ひどいあんなまりーさま。わたしをかってによびつけて、こんなひどいことをするなんて。あんまりです。きぞくだからって、やっていいこととわるいことがあるわ』

ほわっと？

私が内容を理解できずに固まっていると、麗しのアンナマリー様が、はあっと天井を仰いだ。

「だめね！　ぜんっぜんだめ！　貴女、全く演技の才能がないわ！　もっと情感を込めて！　抑揚をつけて！　エモーショナルに言ってちょうだい！」

固まったままの私に、アンナマリー様は指揮でもするみたいに指を振ってみせた。

「さんっ！　はい！」

えええええ？

なんか、思っていたのと展開が違う！

「昔々あるところに、寄り添って暮らす少年少女がいました。二人は将来を誓い合って

いましたが、少年は家庭の事情により少女と引き裂かれ、一人さびしく王都にやってきました。新しい暮らしにもすぐに馴染(なじ)んだけれど、少年はずっと少女を忘れずにいました。やがて少年は伯爵になり、少女と再会しましたが、連れ添って幸せになるには、障害があったのです……。なんだか、おわかりになる？」

「さ、さあ……」

戸惑う私にアンナマリー様は、ふっと笑った。

「伯爵には、美しく賢い、親の決めた美しい婚約者がいたからです！　その婚約者とは、何を隠そう、このワタクシ！」

「今、美しいが二回ありましたけど……」

「異論がおあり？」

「あ、ないです」

私はブンブンと高速で首を横に振った。

女神もかくやという美貌(びぼう)のご令嬢は扇子(せんす)を広げて自分を扇(あお)ぐ。

何を隠そうって、隠す気ないじゃん!!

内心のツッコミもむなしくアンナマリー様はなおも続けた。

「と・に・か・く、愛し合う二人の前に立ちはだかる障害があったのよ！　高慢ちきで美しい侯爵令嬢がね！」

美しいってのは絶対外さないんだあ……？

ツッコむのも忘れてアンナマリー様を眺めていると、彼女は立ち上がって両手を広げた。

狭い部屋がなんだか劇場みたいになる。

「平民で治癒師の少女は、貴族の令嬢に虐められ、傷つくの！　そして少女の訴えを聞いて憤った伯爵は決断するのです！　侯爵令嬢への断罪を……！」

私は、一枚ずつナンバリングされたアンナマリー作『断罪への道』の台本に視線を落とした。

その頭が痛くなるような内容を要約すると、次のようになっている。

1、私がアンナマリー様に意地悪をされる。

2、アンリがそれに気づいてアンナマリー様に婚約破棄を突きつける。

3、アンナマリー様はアンリと決別。

4、アンリと私が新天地（ってどこですか！　それ！）に旅立つ。

「どうお思いになる？」

いやー。どう、と言われてもな……

私の頭の中に、あるイメージが浮かんだ。お馬さんがぱっかぱっかと蹄の音も高らかに、草原の中を駆けていく。

次いで、見事な角を持つ鹿さんが、森の中を疾走するシーンも鮮明に浮かび上がってきた。

草原の、馬。

森林の、鹿。

うま……、しか……、馬……、鹿……

ば……

「ちょっと！　リーナさん！」

「はい⁉」

「貴女、今何か失礼なことを考えていたわね⁉」

「いや、そんなことは、全く⁉　あんまり⁉　ありませんっ」

「本当かしら？」

私はコクコクと頷いた。

「……お気をつけになって！　雰囲気でわかりますからね、そういうのは」

「……はぁ」

視線を彷徨わせていると、無口な侍女さんと視線がかち合う。

彼女はいたって真剣な表情で、重々しく頷いた。

「仰る通りです。リーナ様、貴女の脳内に浮かんだ言葉は失礼です。マリー様は決して、『馬と鹿』なのではありません。頭のネジが二、三本緩んでいるだけです」

「そうよ！」

そんなドヤ顔で言われましても……。

「あのー、アンナマリー様……」

「長いからマリーでいいわ」

にっこりと微笑まれて、私は「はあ」と頷いた。

アンナマリー（もう脳内では『様』をつけなくていい気がしてきた）は緑色の瞳を細めて鷹揚に微笑んでいる。

「そのー、つまり諸々解釈いたしますと、マリー様はアンリ……伯爵との婚約のお話があり、それに対して乗り気ではないと……？」

アンナマリーはふぅ、とため息をついて扇子を広げ、再び自身を扇いだ。

「私が乗り気であるかないかはこの際関係ないわ。王族に連なる伯爵様と、侯爵家の娘である私。夫婦としては申し分ない組み合わせですけれど、私、愛し合う二人の仲を裂くような趣味はありませんのよ？　他人の恋路を邪魔する人間は、馬に蹴られて死んでしまうのでしょう？　おお、怖い！　……それにアンリ様って全然好みじゃないし」

最後のが本音だな、絶対！

私はかぶりを振った。

「誤解です！　……その、私はアンリの単なる幼馴染に過ぎないので、マリー様が婚約をしたくないのなら、私に関係なく解消すればいいと思います」

「ふーん、そう？」

アンナマリーは目を細めて続けた。

「私、黒髪の男性って好みじゃないし、詩を読むよりドラゴンと遊ぶのが好きな殿方はお断りなの。いつも朗らかな笑顔をしているけど、裏で色々と策略を巡らせている伯爵は、なかなか腹黒で御しがたくて結婚相手としてはいかがなものかなー、とも思うのよね。あの笑顔が胡散臭いというか」

あんまりな評価に私は思わず反論した。

「そんなことないと思います！　アンリの黒髪は艶やかで綺麗だし、ドラゴンと意思疎通ができるなんて心優しい証拠です！　色々企んだりは……昔からしていますけど！

それは、常に最善の方法を選ぼうとしているからで！　笑顔だって……、辛くても笑っていれば元気が出るからって！　そういう……」

私は、はっとして口をつぐんだ。

アンナマリーが口元に扇子をあてて微笑んでいる。

「……単なる幼馴染、にしては随分とお詳しいですこと！」

……！　わざと言わされた!?

私はフェリシアが上司を評価するのに使った言葉を思い出していた。

すなわち、性悪!!　と。

「ひょっとして先日、団長のところにおいでになったのは……」

「もちろん、貴女が来るってレストウィックに聞いたから会いに行ったのよ。招待状をお渡ししたかったし。レストウィックはね、私の友人なの。今回のお芝居についても相談したら」

「したら？」

「貴族のゴシップなんて面白そうだから、派手にやれ！　って大笑いしていたわ。彼、退屈が嫌いなのよね。レストウィックが書いてくれた台本もあるんだけど……」

なんだそれ！

私は思わず目を剥いた。

「そんなものまであるんですか？」

「ええ。でもアンリ様が後頭部を強打されて記憶喪失になるから、それはちょっと危険かなあと思ってお蔵入りさせたのよ。お読みになる？」

ちょっとどころではない。

アンナマリーの合図で無口な侍女が音もなく背後に立つ。

その手に用意された百枚はありそうな紙の束に、私はつい真顔になった。

いつ書いたの……。暇人なの……？

「やめておきます……」

「そう？　ロマンチックでいい台本なのだけれど、私もリーナさんに刺されてしまうし、ちょっと遠慮したい案なのよね……」

「刺しません！　とんでもないことを言わないでください！　私は治癒師ですよ？」

「そうよねぇ、職業倫理に反するわよね、ごめんなさい」

シュンとするアンナマリーに、謝るのはそこぉ？　と脳内ツッコミを入れつつ痛むこめかみを押さえた。

団長って、ろくでもない！　友達だからじゃなくて、単に楽しそうだったから乗っただけじゃないかな……

「とにかく、私は演技が下手ですから、アンナマリー様と……」

「マリーとお呼びになって？」

上目遣いで可愛く言われて、私は反論を諦めた。

「……マリー様とアンリの婚約破棄にお力添えはできませんから！　……それに、こういうものはお二人が嫌だと言えば、破棄できるものではないんですか？」

今度はアンナマリーが真顔になる番だった。

彼女は扇子を広げて深いため息をつく。

「事情がありますの」

そう言って、昔語りをするみたいに説明してくれた。

ハーティア王国を治める国王陛下には美しい王妃様がいらっしゃる。お二人の仲は睦まじく、一男一女を授かった。王太子殿下と、少し歳の離れた妹姫だ。

国民が羨むこの幸せそうな家族に激震が走ったのは、五年ほど前のこと。国王陛下に庶子がいるとわかったのだ。国王陛下はその少年を認知して王都に迎えた。

それがアンリだ。

「アンリ様は聡明でお人柄も朗らか。剣技も優秀な方です。けれど王族としては……何が足りないかおわかりになる？」

「……それは」

私が言い淀むと、アンナマリーは扉を見た。

侍女が私達から離れ、扉の前に移動する。人が入ってこないようにするためだろう。

「ここには私達しかいませんわ。どうぞ忌憚なくご意見をどうぞ」

「……お母様の身分、ですか？」

アンリのお母様はアンリを産んで、すぐお亡くなりになったらしいけど……

アンナマリーは頷く。それから申し訳なさそうに目を伏せた。

「先程、広間で貴女に無礼なことを言った方々がいたわね。そのことについてお詫びいたしますわ、リーナさん。ごめんなさい。不快な思いをなさったでしょう？」

「……いえ」

私が苦笑すると、アンナマリーは続けた。

「アンリ様の母上がどんな方だったかは、彼に直接お聞きになって？　貴族ではなかった、とだけ申し上げますわ。ハーティア国の貴族は、とかく面子や家柄を重んじるもの。情けないことですけれどもね。陛下でさえ例外ではなく、不遇なアンリ様に唯一足りない家柄というものを、私との結婚で補うことを望んでいらっしゃいますの。王位を与えるわけにはいかないご子息に、せめて後ろ盾を用意したいと」

「……そこまで私に話していいんですか？」

「よろしいんじゃなくて？　私、先程も申し上げた通り、伯爵夫人になる気は全くありませんから」

　アンナマリーはカップを置いた。

　私は上等なお茶を飲んでから、ちょっと首を傾げる。アンナマリーの立場で、それは許されるだろうか。

「その、それはアンリが好みじゃないから、ですか？」

「もちろんそれもありますけれど！」

　アンナマリーは目に力を込めた。

　それから気のせいか、ちょっとだけ涙ぐんだように見える。

「不遜（ふそん）を承知で申し上げれば、国王陛下がアンリ様に不遇の埋め合わせをなさりたいのなら、ご自身でされるべきだと思いますわ。安易に私という駒を与えて安堵するのではなく！　……私は褒美（ほうび）でも、格付けのための置物でもございません」

　そう言ってアンナマリーは私を見た。

「私は貴族ですから、最終的には陛下のご意向に従いますわ。臣下の一人として。アンリ様もそうなさるでしょうね。……そうすれば、不幸な夫婦の誕生ですわ」

「不幸になるとは限らないのでは？」

私の言葉を、アンナマリーは確信をもって否定した。

「不幸に決まっているわ！　私達、どちらもお互いに一切、恋愛感情が持てませんでしたの。もちろん恋愛感情なんてなくても夫婦にはなれますわね。そんなこと、よく存じております。……けれど、私は進んで不幸になりたくはないし、アンリ様も不幸にしたくはない。貴女だって、不幸になるのは嫌でしょう？」

急に話を振られた私は、目を逸らして口ごもる。

「わ、私は平民なので関係ないかな、と」

アンナマリーは可愛らしく口を尖らせ、仕方ないとばかりに肩を竦めた。

「言い逃れするなら、それでもよろしくてよ……！　でも、覚えておいてくださる？　周囲がどう言おうと、私はアンリ様と結婚するつもりはないの。……それは私にとって、とても不幸なことだから。抵抗できる限りは抵抗するつもりよ」

緑色の綺麗な瞳に見つめられて、私は思わず頷いてしまった。

彼女にも色々事情があるのだろうな。

「わかり、ました」

「今はそれでいいわ。さて、それでは私と一緒に挨拶に回りませんこと？　せっかくだから今日のゲスト達にご紹介したいわ」

そう促されたので、私はウッと言葉に詰まる。

平民、身の程知らず……と囁かれた陰口にはちょっとムカッとしたけど、やっぱり怯んでしまう。あの悪意に満ちた好奇心の中に戻るのは、気持ちいいものではない。

けれどアンナマリーはニコニコと微笑んで私の手を取った。

「私と仲良しだと匂わせておけば、周囲の雑音は減りましてよ？」

「なかよし⁉」

いつの間にそんなものに？

私が半眼になっていると、アンナマリーは人の悪い笑みを浮かべた。

「二回会ったらお友達なのよ？　よろしくね、リーナさん。……逃がさないわよ……私の幸せのために、貴女には覚悟を決めてもらいますからね……」

「心の声が漏れていますけど、マリー様……」

「あら、いけない。ほほほ」

――と言うわけで、私はアンナマリーに促されて広場に戻った。

笑顔のアンナマリーと愛想笑いの私が一緒に戻ってきたので、一瞬、広間がざわめく。

しかしながら、貴族の皆様はポーカーフェイスが上手で、すぐに私に笑顔を向けてきた。

ひと通りの人に紹介されたところで、また人々の間に緊張が走る。

何事かと思えば、髪を後ろに撫でつけたアンリがジュリアンと一緒に現れたところだった。

「アン……ベルダン伯爵。ごきげんよう」

そう言ったら、アンリは『おや？』とばかりに私を青紫の瞳で見た。

それからアンナマリーの手を取って軽く口づける。

「ご機嫌麗しく、マリー」

「アンリ様も」

にっこりと微笑み合う美男美女はどこから見てもお似合いの二人で、なんとなく居心地が悪い。

続いてジュリアンがマリーに挨拶した。

「ジュリアンはアンリ様が同行しないと、侯爵家に寄りつきもしないのね」

「まさかそのようなことは。恐れ多いだけでございます」

「そうかしら？」

アンナマリーは私の手を素早く取ると、そのままアンリに渡した。

「マリー様？」

私はたじろいだけれど、アンリは涼しい顔でがっちりと私を引き寄せる。目を剥いたジュリアンの腕にアンナマリーがぶら下がった。

麗しのアンナマリーの力が強すぎるのは、私もさっき知った。ジュリアンの動きも見事に封じられている。

「ジュリアン、あちらで私と楽しくお話ししましょう？」

「待っ、アンナマリー様、私はお話しすることは……」

「わ・た・く・し・が、ありますの！　では、お二人は楽しまれてね？」

アンナマリーに半ば引きずられるようにして、ジュリアンが離れていく。本当、見た目にそぐわない怪力ですよね……

「アンリ様、手を放していただきたいんですけれど」

「これは失礼、リーナ殿。帰らないって約束してくれるなら。じゃなきゃ場がお開きになるまで、このままで」

「……わかった」

どう考えてもこのままでは、周囲からの視線が刺さって痛い。

私がため息まじりに頷くと、アンリはほっと息をついた。

「久しぶり。アンナマリーと仲良くなった？」

「そこまでは……、でもなんだか憎めない方だね。なんか、こう……想像していた侯爵令嬢のイメージとは違うというか」

ちょっと夢が壊れたというか。

小声で言うと、あはは、とアンリが笑った。

「確かに！　だけど、そばにいて、息がしやすい人だよ。俺がここに来たばかりのときも、わかりづらくも親切にしてくれたし……」

「わかりづらくも、ってのは想像つく気がする……」

「だろう？」

息がしやすい、か。

他の人といるときはどうなのかな？　と思っていると、アンリが「何か飲み物を持ってこよう」と離れていった。

途端に、近くのテーブルにいた女性のグループがざわめく。

「……伯爵だけでなく、アンナマリー様にも馴れ馴れしくするなんて！」

「平民は礼儀を知らないのよ」

「……気分が悪いわ。せっかくのお茶の味もわからなくなりますわね。どこかへ行ってくださらないかしら」

私が視線をそちらへ動かすと、ご令嬢達は扇子で口元を覆って黙り、クスクスと喉を鳴らす。ここが招かれた場でなければ売られた喧嘩を買ってもいいけど、アンナマリーにもアンリにも恥をかかせるつもりはない。

私は彼女達のお望み通り、バルコニーに居場所を移した。

椅子に座って、アンリが戻ってくるまで少しクールダウンしよう。

「わあ、絶景！」

バルコニーから見下ろす侯爵家の庭は整然としていた。噴水が涼しげな水音を立てて耳も目も楽しませてくれる。

こんなに綺麗なのにな、と私はちょっと悲しくなった。

平民、エルフ、魔族。それに、異世界からの客人。

ハーティアは美しい国で、大好きだけど。貴族の屋敷はこんなにも美しいけれど。

そこから弾かれる人々もいて、自分もその中に入るんだなあと思うと、少し切ない。

シャルルに宿った魔物も伝承に書かれていた通り、王家の始祖と友達だったのに裏切られたというならば。彼に恨みを持ち、絶対に許さない、と思っているのならば……

「魔物と友達の間には、何があったんだろう？」

「こんな静かな場所に相応しくない、物騒なセリフだ」

「ああ、アンリごめん……」

アンリの声に振り向いた私は、口元に手をあてた。違う、アンリじゃない！

「失礼しました」

「いいえ？」

三十前後の品のいい男性が微笑んでいる。

彼は金髪だし、アンリと全く似ていないのに、なんで間違えたのかな。

「こんなところで貴女に再会できるとは思わなかったな」

「再会？」

「覚えていらっしゃらないかな？」

私は立ち上がって青年を見つめ……あ、と思い当たった。

王都に来たばかりのときに図書館へ行ったけど、そのとき、図書館を案内してくれた青年だった。

「その節は、ご親切にありがとうございました」

「いいえ。お探しのものは見つかった？」

「おかげさまで！　……あのときはお礼もせず申し訳ありませんでした……」

私が礼を言うと、青年は微笑む。

「アンナマリー様のご友人でいらっしゃいますか？」

「ああ。彼女とは子供の頃からの付き合いなんだ。どうぞ座って。淑女(しゅくじょ)を立たせて礼を言わせるのは気が引ける」

高位の貴族なんだろう。金色の髪に青紫の瞳。柔和(にゅうわ)に微笑む彼の着ている服は、黒一色のシンプルなものだけれど、よく見れば光沢のある黒い糸で細かく刺繍(ししゅう)がしてある。自然に、でも有無を言わさぬ雰囲気で手を差し出され、私は思わず自分の手を重ねてしまう。

柔和(にゅうわ)な外見に似合わない硬い指。その中指には銀の指輪があって、私は何気なくその紋章に視線を落とし……ハッと息を止めた。

銀の指輪は宝石も何もついておらず飾り気のないものだった。ただ彫金で何かの模様があしらわれている。

私は視力がいい。その形を正確に把握して、肌が粟立(あわだ)つのを自覚した。

――七つの竜。

その紋章を身につけても許される人など限られている。

「どうかした？　リーナ殿」

私は青年から手をそっと離して、一歩後じさった。

「ご無礼をいたしました」

アンリと同じ青紫色の瞳が私を無表情に観察している。それを確認して、もう一歩後ろに下がった。

戻ってきたアンリが視界の端でたじろいでいるのがわかる。

私はアンリも青年も視界から追い出すために、ゆっくりと礼をとった。視線が下に向かい、首から下げている無機質な石だけが私を見返す。

「お初にお目にかかります、王太子殿下」

第二章　役者は出揃った

ここ、ハーティア王国の国王陛下と王妃様の間には、二人のお子様がおられる。

王妃様も王族の出身で、ご家族はみな王家特有の金色の髪と青紫の瞳をしているとか。

それは有名な話だし、王太子殿下は聡明で柔和な方だとも聞いている。

だけど、目の前にいる青年は、柔和という言葉で形容するには鋭い印象を受けた。

彼は頭を下げたままの私に、穏やかな声音で言う。

「なんだ、もうばれてしまったのか。貴女は察しがいいな」

「いえ、先日は王太子殿下だと気づかず、ご無礼をいたしました」

「いいや？　何も無礼はなかったよ」

彼がくすりと笑う気配がして、それから戸惑ったような声が私達の間に割り込む。

「殿下！」

アンリの声だ。幼馴染は手に持っていた飲み物を近くの侍従に渡し、私を王太子殿下から隠すように前に立つ。

「いらっしゃるとは思いませんでした。護衛も連れずにどうなさったのです？」

「偶然、公務の予定に穴が空いてね。ふらりとマリーの顔を見に来たんだよ。そうしたら運よく、彼女と再会した」

「再会？　グラン嬢の謁見は、まだだったはずでは？」

アンリが不思議そうに私を見たのがわかる。

図書館に行ったことをアンリには話していない。なんと答えたものかなと思っていると、王太子殿下……クロード様が説明してくれた。

「王立の図書館で探しものをしていた彼女と会った。リーナ・グラン嬢。顔を上げてくれないか？　そのままでは話しづらい」

「かしこまりました」

クロード殿下に促されて私は顔を上げた。

青紫をした二対の瞳に見つめられて、さらには彼らの肩越しにいくつもの痛い視線を浴びて、内心ギャーと叫んで逃げたくなる。

さっきのご令嬢達がこちらを盗み見ていた。

平民の私が侯爵令嬢アンナマリーに招かれ、伯爵であるアンリと談笑し、さらには突如現れた王太子殿下にも声をかけられる。それって、身分を重んじる彼女達にとっては許しがたいことなんじゃないのかな。

クロード殿下がちらりと視線をやると、彼女達は慌てて目を逸らした。

さて、とクロード殿下は微笑む。

「私が王都に招いたのに、なかなか会う時間が取れずにすまなかった」

「もったいないお言葉です」

「今はフェリシアの自宅にいると聞いたが？　明日訪ねていって、話をじっくりと聞かせてもらおうかな」

「それでは殿下、私も同席いたします」

アンリの申し出を王太子殿下はにこやかに断った。

「アンリ、おまえには別の仕事があるだろう」

「ですが……」

「たしか彼女は成人していたと思うが、保護者が必要かい？」

「私も当事者です。私の口からも詳細を……」

「できれば、おまえの意見が混じらない彼女の意見が聞きたい」

アンリがうっ、と言葉に詰まる。

私は二人をそっと見比べながら口を挟んだ。

「王太子殿下、ご報告は伯爵がいらっしゃらなくても、なんの問題もありません。その、差し支えなければ私が殿下の指定される場所に伺いますが……」

さすがに王太子殿下をお呼び立てするのは気が引ける。しかしクロード殿下はにこにこと微笑みながら宣言した。

「いいや、久しぶりにフェリシアの淹れたまずい茶も飲みたいし、私が行こう。急かもしれないが、明日の午前中はどうかな？」

「お待ちしております。その……お茶の用意は私がいたしますので」

フェリシアの淹れるお茶、美味しくないのか。

なんでもできる美魔女は料理だけが苦手だもんね。私が思い出してちょっぴり笑っていると、王太子殿下のまとう空気が少しだけ緩んだ。

「そうしてくれ。ああ、私が彼女の悪口を言っていたことは内緒にしてくれ」

王太子殿下は軽く片手を上げて冗談っぽく言った。

それからアンリに「では帰ろうか」と声をかける。穏やかだけど、有無を言わせぬ口調だった。

私はまたね、と視線だけでアンリに挨拶する。アンリは何か言いたげだったけれど、わずかに頷くだけに留めた。

……これから、アンリとゆっくり話ができる機会はなかなか持てないかもな。そう思いながら、私も彼らについていこうとして――

「キャアアアアアアアア!!」

広間の端から聞こえた叫び声に、私達は同時に反応した。

「誰かっ！　誰か来てっ！」

「いやあああ!!　血が！」

慌ただしく人が走る音に、大きなざわめき。

和やかだった茶会のムードが一転、緊張感のあるものに変わる。

「何事だ？」

「殿下、どうかそのまま」

アンリが近くの騎士を呼び寄せて、クロード殿下の周囲を素早く固める。

「暴漢だ！　取り押さえろ！　早く!!」

「誰か！　治癒師を！　治癒師を早く！」

叫び声が聞こえたので、私は弾かれたように走り出して人波をかき分けた。

「ここにいます！　通してください！」

「貴女は？」

「治癒師です。ギルドにも所属しています。どうか通してください！」

人波をかき分けた先では、薄い黄色のドレスを朱に染めた令嬢が、自分の血にまみれて横たわっていた。

若い男性が彼女を抱きかかえて、必死に名前を呼んでいる。けれども彼女は呻くばかりで反応が薄い。……出血量が多すぎるのかもしれない。

「失礼！」

「なっ。君はなんだ？」

令嬢を抱きかかえた男性が警戒して体を硬くするのがわかる。私は構わず彼を押しのけて、令嬢の腹部に手をかざした。

それから癒しの力を流し込む。

「癒せ」

人々が大きくざわめく。

「……傷が塞がっていく！」

何度も同じことを繰り返し、令嬢の呼吸が少しだけ落ち着くのを待ってから、私は壁際で取り押さえられている犯人らしき青年を睨んだ。

何故こんなひどいことを！

床に座り込むようにしていた青年がぼんやりと顔を上げる。

彼と視線が合って、ぞっとした。

瞳の色が、普通の人間が持ち得る色ではなかったからだ。

「……違う。僕が、悪いんじゃない……」

ぼんやりとしたまま、青年は口にした。その両手は令嬢の血にまみれている。

「これは、正当な復讐だ」

そう主張した彼の瞳は、その両手の血を写し取ったかのように、禍々しく赤かった。

当然のことながら、茶会は箝口令が敷かれた上で、早々にお開きとなった。

アンナマリーの父君だという侯爵閣下が迅速に場をおさめ、蒼白な顔で王太子殿下に謝罪をしたので一時は騒然となったけれど、王太子殿下のいらっしゃる場で刃傷沙汰があったのだから無理もないよね。

私はアンナマリーが用意してくれた服に着替え（さすがに血まみれのままではいられなかったのだ）、少し離れたところから王太子殿下と侯爵閣下の会話を聞くともなしに聞いていた。

「私を気にすることはない。もともと正式に呼ばれたわけではないからね」

「クロード殿下……ご配慮いただき、ありがとうございます」

「私は訪問していなかったことにしよう。――それより騒ぎの背景を調べて報告してくれ」

「それは、必ずや」

「怪我をしたご令嬢の様子は？」

「命に別状はありません……衝撃で口が利けぬようですが」

そうか、とクロード殿下は会話を打ち切り、私の方へ歩いてくる。

「貴女がここにいたのは幸運だった、グラン嬢。うら若き乙女が命を失わずに済んでよかったよ」

「アンナマリー様がお招きくださったおかげです」

それを聞いた侯爵閣下がほんの少しだけ咎めるような視線を私の横にいるアンナマリーに向けた。だが、一瞬でその表情を隠し、私へにこやかに話しかけてくる。

「私からも礼を言わせてもらおう。さすがは聖女リーナ。鮮やかなお手並みだった。褒美として望むものがあるなら言いなさい。できる限り叶えよう」

「いえ。治癒師として当然のことをしたまでですので」

「……ああ、そういえば貴女は今、国教会にもギルドにも属していないとか。もしよければ我が侯爵家に仕えるのはどうか？　待遇は保障するが」

善意からの申し出なのか牽制なのか判断しづらい申し出に、私は愛想笑いを返す。

「ありがたいお言葉です、侯爵閣下。それでは一つお願いしても？」

「なんでも言いなさい」

「私の今夜のドレスは王宮魔導士フェリシアからの借り物なのです。残念ながら血に染まってしまいましたので、私の代わりに彼女に素敵なドレスを贈ってくださいませんか？　私は流行りには疎いので」

侯爵閣下は、フェリシアの甥のジュリアンに視線をやってから、鷹揚に頷いた。

「美しい魔女に贈り物ができるとは光栄だ。手配しよう」

侯爵閣下との話が終わり、私は王太子殿下へも挨拶をしてから屋敷を出た。

アンナマリーが手配してくれた馬車に乗り込み、思わず目を丸くする。

「アンリ！」

「お疲れ、リーナ」

よっ！　と気軽な調子で片手を上げたのは、なんとアンリだった。いつの間にか姿を消したと思ったら！

馬車の外を見ると、美貌の侯爵令嬢がほほほと微笑んでいる。

「せっかくの再会を邪魔して申し訳なかったわ。せめて馬車でゆっくり話をしてね？」

にこやかに手を振るアンナマリーの背後で、ジュリアンがこめかみに指をあてている。

ため息を一つつくと、彼も馬車へ乗り込んだ。

「ちゃんと日暮れまでには戻るから、おまえは降りていいぞ、ジュリアン」

「いいえ、アンリ様。私もフェリシアに会いたいので、同行します……伯爵が妙齢の女性と馬車で二人きりなど、外聞が悪いでしょう……全く、油断も隙もないッ」

後半は小声になったジュリアンに、アンリはチッと小さく舌打ちをした。アンナマリーも馬車の外で「馬に蹴られるわよ！」と毒づく。

私はちょっぴりジュリアンに同情した。

うすうす思っていたんだけど、アンナマリーとアンリって、なんか似ている。綺麗な顔して意外と頑固なところとか。

私が苦笑するのと同時に、馬車が動き出した。

慌ててアンナマリーに小窓から挨拶したら、彼女は品よく手を振ってくれる。

「来てくださってありがとう。客人の命を救っていただいたことにも感謝するわ！」

「いいえ、当然のことですから」

「いずれきちんとお礼をさせてね」

「ええ、いずれ」

私が馬車の中で座り直すと、対面に座っていたアンリが少し目を細めた。

「マリーと仲良くなったみたいだな?」

「少しだけ、ね」

それを聞いたアンリは長い足を組み替える。

「彼女がジュリアンの言っていた『婚約者』だよ。元、だけどな」

「正式に破棄されてはいないでしょう。保留になっただけです」

ジュリアンは苦い顔になる。反応しづらい〜この話題!

私は咳払（せきばら）いして話題を変えた。

「でもアンリ、王宮に戻らなくてよかったの?」

「構わないさ。リーナと話がしたかったし……先程の青年を見たか?」

なんのことかなんてとぼける必要もない。私は素直に頷く。

「……瞳が赤かった。シャルルみたいに」

侯爵家で騒ぎを起こした青年の瞳は不自然に赤かった。

アンリが隣に座るジュリアンを見る。

「彼の素性はわかっているのか？」

「おおよそは」

馬車の車輪が何かの溝にはまったのか、ガタンと大きな音がした。けれど、誰も気にしない。

「あまり、外聞のよい話ではないのですが……」

ジュリアンは眼鏡のブリッジ部分を押さえてから、馬車の中だというのに少し声のトーンを落とす。私は思わず居住まいを正した。

ジュリアン曰く、元々青年はあの令嬢の婚約者だったとか。

「彼らは生まれたときからの許嫁だったそうなのですが」

その婚約は昨年、令嬢の方から一方的に解消された。

理由はシンプルだ。彼女には他に想う人ができ、その相手が青年よりも裕福だったために、彼はあっさり捨てられたという。

「婚約破棄なんて、よくあることでしょう？　ひどい話だけれど、それが理由で刺されては気の毒な気も……」

令嬢の蒼白な顔を思い出して私が呻くと、ジュリアンは少し眉をひそめた。

「よくある話、ではあるのですが。経緯が少々問題で」

「何かあったのか？」

アンリが尋ねると、ジュリアンはため息をついた。

「ご令嬢側は婚約の一方的な破棄は外聞が悪いと思ったのか、破棄の原因は青年にあると虚偽の噂を流したようですね……」

青年が令嬢に暴力をふるった。彼には借金があり、令嬢の家の金品を盗んだ。……などなど。

その噂を周囲の人々がみな信じたわけではないが、青年は孤立したという。さらに悪いことに、勤めていた商会は令嬢の親戚が経営していたため、彼は退職を余儀なくされたそうだ。

「仕事も恋人も一度に失ったのです。落胆は大きかったようですね」

ジュリアンが同情するように言う。

『これは、正当な復讐だ』

令嬢を刺した青年は虚ろな表情で、そう呟いていた……

私は暗澹たる気持ちになって、思わず馬車の外へと視線を逸らす。

赤い瞳か。

脳裏に、アンガスの街で見た二人の顔が浮かぶ。

シャルルとカナエ。彼らは今回の件に関係……あるのかな。

窓の外を見ながら私はぼんやりと思った。


「関係ないわけがないと思うねぇ」

翌日。ソファで優雅にお茶を飲みながら、銀髪の美少年が断言した。

「シャルルとカナエと同じく赤い瞳の人間が、侯爵家の茶会に紛れ込んで、『正当な復讐』だなんて世迷言を言っている。これが偶然だとしたら、不思議なこともあるもんだ」

辛辣な口調で言い放ち、綺麗な色の目を細めてお茶の香気を楽しむ。

それを見つめるフェリシアは対照的に苦い顔をした。

「――どうして団長が私の家のリビングで寛いでいらっしゃるのですか」

そう、フェリシアの屋敷のリビングに私達は集まっている。

私達というのは、私、アンリ、ジュリアン、フェリシアに加えて、王太子殿下、それにレストウィックだ。

私と同じくフェリシア邸に居候している猫ズは、初対面の二人に気後れしてか、部屋の隅にある本棚の上から私達を監視している。

下りてこないの？　と尋ねたけれど、嫌だニャ！　とばかりにぷいっとされた。

「殿下はともかく、団長まで私の家においでになるとは聞いておりませんが」

「クロード様の護衛なんだよ。仕方ないだろう？」

護衛という割に、少年はのんびりとソファで寛いでいる。隣に座ったクロード殿下の方が護衛に見えるくらいだ。

レストウィックの向かいに座りながら、アンリがぼやく。

「相変わらず、ちっこいのに、でかい態度だよなー」

「誰がちっこいって？　年上に向かって無礼な。君は一度、礼儀について真剣に学び直した方がいい！　全く、教育係の顔が見たいものだね」

レストウィックはわざとらしく舌を出して言った。

アンリの背後に立っていたジュリアンが「面目ありません」と苦笑する。ジュリアンもレストウィックとは知り合いみたいだ。

クロード殿下はといえば、レストウィックの隣で上品にお茶を楽しんでいる。

「すまないね、リィ。弟は嘘がつけない性分なんだ」

「殿下と違って？」

「ひどいな、リィ。私が話すことはいつも真実だよ？」

二人はにこりと微笑み合った。う、嘘くさい笑顔だ〜！

それにしても……

私は隣のアンリにそっと尋ねる。

「殿下とレストウィックさんって、仲良しなのね？」

『リィ』はレストウィックの愛称だし、一国の王太子と魔導士団の団長とはいえ、軽口を叩ける間柄なのがすごいなあ。

「子供の頃からの『仲良し』らしいぞ。アンナマリーも含めて」

幼い彼らが三人で遊ぶ様子を想像すると微笑ましい。クロード殿下もアンナマリーも、さぞや可愛い子供だったろう。

「しかし、赤い瞳の魔物ね……俄(にわ)かには信じがたい話だ」

今はすっかり可愛らしさが削(そ)ぎ落とされたクロード殿下が、ティーカップをテーブルに戻して腕を組む。

クロード殿下にもレストウィックにも、アンガスで見たことを私は話した。

アンガスに得体の知れない魔物が出たこと。私が襲われて不思議な力……魔物の言葉がわかるという能力を得たこと。それから、カナエとシャルルがその魔物に今も支配されているだろうということ。

私の説明にアンリが一言添える。

「魔物は王家を恨んでいるように感じられます」

ジュリアンが息を呑むのがわかった。

王太子様に言っていいものかどうか私も迷っていたんだけれど、クロード殿下は面白そうに続きを促す。

「グラン嬢が図書館で調べていたのは……アンガスのおとぎ話だったか？」

「はい」

魔族の青年セリムに教えてもらった、おとぎ話の一節。それを書き写した紙をクロード殿下に示す。

むかし、黒く大きな魔物がいて
ひとり寂しくあなぐらに住んでいました。
あなぐらのそばには、ひとりぼっちのこどもがいて
ふたりはやがて友達になりました。
魔物のお腹がすいたとき、こどもは自分の血をわけてあげました。
さんねんたって魔物は大きくなりすぎて、こどもは偉くなりすぎて

一緒にいることができなくなりました。
よっつに裂かれた魔物は、東西南北　闇の中
こどもの訪れをまっています。
いつつ、時が巡るころ
また会えることをねがって、きばをとぐ。
ろっかいまがった道の先
さびしい魔物は、こどもをずっとまっています。
ななつの竜の訪れを
きばをといで　まっています。

シャルルを乗っ取った魔物は、彼を裏切った友達に会いに行く、と言っていた。その友達は『王都にいる』とも。

クロード殿下は微笑んで紅茶を口に含む。

「つまり」

そう言って長い足を組み替え、アンリの方を見た。

何を思ったのか、みーちゃんが本棚からタタタと下りてきて、私の肩に飛び乗った。

「君の幼馴染のシャルルを乗っ取ったのは、我ら王族に恨みを抱く魔物で、アンガスの混乱は……紐解けば王族が原因だと？」

「そう、推察しています」

「アンリ。要するに君は、アンガスの街を混乱に陥れた張本人……君の友人のシャルルに罪はないと言いたいわけか。むしろ原因は……我らの始祖にあるかもしれない、と？」

「ええ、殿下」

クロード殿下は青紫の瞳で私達を眺めた。

彼の冷たい色の瞳は、あまり感情を窺わせない。

みーちゃんが私の胸の中に飛び込んできたので、私は王都に来てからやや丸みを増したみーちゃんを抱きしめた。

クロード殿下は猫が好きなのか「可愛いね」と褒めて、おいでおいでをしたが、みーちゃんはフーっと威嚇している。

「おや？　ふられてしまったのかな？」

「み、みーちゃんってば、機嫌が悪いのかなー」

喉をくすぐろうとした私の手を、みーちゃんの猫パンチが襲う。

『我の機嫌を取ろうとしても、その手には乗らぬぞ、リーナ！』

ぷんぷん怒るみーちゃんを、レストウィックが面白そうに見ていた。

「可愛い猫ちゃんだけど名前は何かな？」

『ミルドレッド三世（サード）である』

「ミルドレッドです。なので愛称がみーちゃんなんです」

『我の真名を軽々しく教えてはならぬのである！』

「え？　真名だったの？　みーちゃん結構、軽々しく名乗ってなかった？」

私が小声でツッコむと、顎（あご）に高速で猫パンチが飛んできた。

『口答えするでない！　気分なのである！』

まさかの気分！　うう、横暴だにゃ。殿下はご機嫌斜めだにゃ。

私達のやり取りに、王太子殿下は「微笑ましいね」とにこにこしているけど、目が笑っていない気がするよー！

王太子殿下の隣に座ったレストウィックは、私達を見比べながら、「なるほど」と顎（あご）に指をあてた。

「魔物はともかく、リーナ嬢に動物の言葉がわかるというのは虚偽（きょぎ）ではないらしい。リーナ嬢はその猫と意思疎通ができている」

純血のエルフであるレストウィックも猫の言葉がわかるらしい。彼のセリフに、私はちょっと眉根を寄せた。なんか疑われている？

「王太子殿下の御前で嘘をつく度胸はありません」

「アンガスの魔鉱石を全て使ってしまう度胸はあっても？　君が魔鉱石を使ったせいで、我が国は随分な損失を被った、と聞いているけれど？」

私はうっと口ごもった。

ハーティアには魔鉱石という魔石がある。魔力を増幅することもできるし、通信や記録に使える石版の材料にもなる魔鉱石は、非常に高価だ。

けれど、魔物に呪われて獣に姿を変えられた仲間を人間に戻すため、私はアンガスのダンジョンに蓄積されていた魔鉱石を、無断で大量に消費してしまったのだ。

「レストウィック団長」

アンリがまじめな声音でレストウィックの名を呼んだ。

「私も、リーナが魔鉱石を使用することに賛同した。彼女だけの責任じゃない。人命を優先した結果だ」

クロード殿下が、ふむ、とアンリを見た。

「――君達の言い分はわかった。だが、俄かには信じがたいことばかりだし、魔鉱石の利用が適切だったかどうかも判断ができない。私も独自にシャルルとカナエの行方を追うが、君達も彼らを見つけて己が正しいのだと証明してほしい。必要なものがあれば言いなさい。できるだけ協力しよう」

「証明できなければどうなりますか？」

私が少し構えてクロード殿下に尋ねると、みーちゃんが私の肩に巻きついてきた。

『そのときはアンガスに帰るのである。逃げるのである、リーナ！』

さすがに、そういうわけにもいかないと思うなあ。

それにね、みーちゃん。目の前にいる銀髪エルフの少年は、みーちゃんの言葉がわかっちゃうんだよ。逃亡計画はあとでこっそり立てようね……

クロード殿下はあくまで穏やかに私の問いに答える。

「そうならないように、君の奮闘を期待しているよ。――レストウィック団長。彼女に力を貸すように」

「かしこまりました」

さて、とクロード殿下は立ち上がり、アンリとジュリアンに「帰るぞ」と声をかけた。

「リィはもう少し、グラン嬢と話をしていてくれ。アンリとジュリアンは私と王宮へ戻ろうか。アンナマリーと侯爵が挨拶に来ているはずだ」

「殿下、私はもう少し……」

「ベルダン伯爵」

と、クロード殿下がアンリの反論を遮った。

「私を一人で王宮に戻らせるのか？」

「……お供します」

ため息をついて、アンリが立ち上がる。

本棚の上からミケちゃんが下りてきて、クロード殿下の右足に首を擦りつけた。クロード殿下は目を細めてミケちゃんを抱き上げる。

ミケちゃんは殿下の指輪が気になるのか、カリカリと爪で指輪をはじき、殿下は優しく「駄目だよ」と笑った。

『ミケが浮気なのである……』

みーちゃんがめそめそしている。クロード殿下、女子にもてそうだもんね？

私は去っていこうとするクロード殿下の背中に声をかけた。

「魔物の行方を突き止め、シャルル達の洗脳が解けたら、殿下は私にどんな報酬をくださいますか？」

フェリシアが「リーナ」と諭すような声を出したけど、聞こえないふりをした。

そもそもシャルルのことは半分、私の失態なのだから、厚かましいと思われるかもし

れない。けど、聞くべきことは聞いておかなければ、損だ。

「そうだな。魔導士団でも国教会でも、君の望む組織へ配属しよう。侯爵家がいいなら、それでも構わない。幸い、アンナマリーは君が気に入ったようだし。治癒能力が高い侍女がいれば、彼女も心強いだろう」

ミケちゃんを撫でる優しい手つきと裏腹に、クロード殿下の口調は冷たい。ミッションをクリアしたら王太子殿下の部下として取り立ててくれる、ということか。

ここは喜んでみせるのが賢いのかもしれないけれど、私は首を横に振った。

「ありがたいお話ですが、殿下。他の褒美(ほうび)を望んでも？」

「――聞こうか」

「私が、シャルルとカナエを保護できたなら、彼らの処罰について、温情ある措置をご検討いただけないでしょうか？」

カナエとシャルルは飛竜騎士団(ドラゴン・ナイツ)の面前で王族のアンリを傷つけているし、アンガスのダンジョンを壊滅状態に陥(おちい)らせてもいる。重い処罰が下ることは、想像に難(かた)くない。

たとえ彼らの行動が、魔物の洗脳によるものだったとしても、だ。

突っぱねられるかなとクロード殿下を見つめていると、彼はミケちゃんの頭を撫でて、そっと床に下ろした。

「考慮しよう。まずは君の健闘を祈るよ。リーナ・グラン」

王太子クロード殿下は弟と、その従者を引き連れてフェリシア邸をあとにした。

汗かいたな、と私が思っていると。

涼しい顔で王太子殿下を見送っていたレストウィックが右手を空中にかざした。

ふわっと音もなく、石版（タブレット）が現れる。――転移の魔法の応用かな？

銀髪の年齢不詳の少年は、にこりと微笑んだ。

「さっそくだが、グラン嬢。君に見せたいものがあるんだ。……と、いつまでも他人行儀なのは面倒だな。リーナと呼んでも？」

「ご自由に。私もリィと呼んでもよろしいですか？」

そう聞いてみたらエルフは肩を竦（すく）めた。

「聖女様に愛称で呼んでいただけるなんて光栄だけど、辞退するよ。僕の名前はレストウィックだ。正しく発音してくれないなら返事はしない」

きっぱり拒否されたぞ？　本気で呼ぶつもりはないけど、にべもないな。

「ということで」

にこり、とエルフの少年は笑い、くだけた口調になった。

「これから長い付き合いになりそうだし、よろしくリーナ。ああ、敬語は使わなくていいよ。君は僕の部下じゃないしね？」

レストウィックはくるりと指を回して石版を宙に浮かせると、何かの画像を映し出した。

まるで肖像画のように、虚ろな男女三人がそこに映し出されている。

年齢はまちまちだが、みな仕立てのいい服を着ているから貴族だろうか。

「……この方々は？　なんだか皆さん、表情が暗いけど……」

フェリシアが私の隣から石版を覗き込む。

「本当ね。――団長が勧誘した、魔導士団の新人職員とかですか？　着任早々、劣悪な職場環境に嫌気がさしているとか？」

「僕の団のどこが劣悪なの！　スリリングで最高な職場じゃないか！」

「職場にスリルは求めません！　それなのに我が魔導士団はいつも波乱ばっかり。――特に上司が最悪ですね。建物は壊すし、人使いは荒いし……」

フェリシアが眉間に皺を寄せた。

私の頭の上に飛び乗ったみーちゃんが、ヒゲをぴくぴくさせて、フェリシアをなだめるように長く鳴く。

『エルフの血を引く者同士、仲良くするのである』

無理じゃないかなあ、それ。

「新人職員でないなら、この浮かない表情の方々はなんなのです？」

うん、と少年は頷いた。

再び指を動かして、一人の男性をクローズアップする。

正面を向いた初老の男性は、視線を虚空（こくう）に漂わせているように見えた。

「彼は数日前に職場の同僚を襲ったんだ。良好な関係だったのに、いきなり、ね」

「なんだか不穏な話ですね……」

私は素直な感想を漏らした。

レストウィックが指を鳴らすと、宙に浮いた石版（タブレット）の画面が切り替わる。

今度は、若くて可愛らしい女性がアップで映し出されて……

「彼女は、親友を階段から突き落とした。一週間前のことだよ」

そして最後に、高齢の男性がクローズアップされた。

「彼は再婚したばかりで若い妻の首を絞めた。幸い妻は一命を取り留めたが……ひどい話だろう？」

石版（タブレット）が私の目の前に移動してくる。

見ろ、ということなのだろう。

レストウィックは、学校の先生みたいに私達に質問した。

「さて、この三人は互いに面識はない。単に、この半月の間に衝動的に傷害事件を起こした容疑者であるというだけだ。ただし、他にも共通点がある。何かわかるかな？」

……共通点。

私は、唇を少し湿らせてから聞いた。

「三人とも……赤い瞳をしていた、ですか？」

「ご名答」

レストウィックは、手にしていた杖で私を指さす。

「侯爵家の茶会で傷つけられた令嬢——彼女で四人目だ。君の幼馴染(おさななじみ)は王都で随分お楽しみらしい」

赤い瞳。魔物に操(あやつ)られていたシャルルと同じ……

沈黙した私を楽しげに眺めて、レストウィックは続けた。

「茶会で元婚約者を襲った青年は、彼女を襲ったことすら記憶にないらしい。気がついたら事件を起こして、捕縛されていたとね。この三人も同様のことを言っている」

「どれもシャルルが関わっているということですか？」

「それを君が調べるんだろう？　僕と一緒に」

よいしょ、と少年は立ち上がる。

「フェリシア、君にも調べてほしいことがあるんだけど、いいかな？」

フェリシアはレストウィックから紙片を受け取って頷いた。

「さ、行こうかリーナ。容疑者の皆に会いに行こう。それぞれの言い分を聞きにね」

みーちゃんがぴょん、と私に飛びつき、鼻息荒く宣言する。

『我も行くのである。魔物の気配がないか、判断してやるのである！』

「いいよ、ミルドレッド殿下もおいで」

猫には優しいらしいレストウィックが目を細めて言った。


「本当に、彼女を傷つけるつもりなんてなかったんです……本当です、信じてください！

僕は、何も覚えていない……！　なのに、なんであんなことを……！」

侯爵家で刃傷沙汰(にんじょうざた)に及んだ青年の身柄は、飛竜騎士団(ドラゴン・ナイツ)の保護下にあった。

飛竜騎士団(ドラゴン・ナイツ)は王太子殿下直属の隊だ。

一部の人々がアンガスの街に派遣されていたこともあり、何人かとは面識がある。見知った数人の騎士に軽く挨拶したあと、小さな部屋に通された私とレストウィックは、両手を拘束されて項垂(うなだ)れる青年と対面した。

飛竜騎士団（ドラゴン・ナイツ）のダントン副団長が肩を竦（すく）めつつ、青年の状況を私達に説明してくれる。

昨日からずっと『記憶がない、自分の意思じゃない』と繰り返しているのだという。

「僕の意思じゃない……」

「……拘束されてから、往生際（おうじょうぎわ）が悪く嘘ばかり繰り返しているんですよ」

「嘘じゃない！」

ダントン副団長のボヤきが聞こえたのか、青年が悲鳴に近い声をあげる。

「私達からも話を聞いてもいいですか？　騎士団の方には席を外してもらって」

「リーナさんと団長の二人で、ですか？　危険では……」

ダントン副団長は私達を止めようとして、それからちょっと苦笑した。魔導士団の団長がいるのに、危険などあるわけがないと判断したのだろう。

「愚問でしたね。レストウィック団長、あとで結果を教えてください」

「気が向けばね」

レストウィックはしっしっ、とダントン副団長を追い払った。

部屋の中に三人だけになると、レストウィックが青年の対面にある椅子にどかっと腰かける。

「私の椅子がないんですけど？」

「敬老精神を発揮してくれ」

はいはい。

魔法の一種なのか、青年の両手は光る紐で拘束されていた。

逃れようとしたらしく、光る紐の周囲の皮膚が赤く擦れてしまっている。

「はじめまして、僕はレストウィック。ご機嫌はいかがかな」

「なんだ君は。話すべきことは全部話したよ！　もう何も言うことはない！」

青年は拘束された両腕を膝に置き、その上に突っ伏して声を荒らげた。

どうしようかな、話を聞けるって状態じゃない。

ため息をつく私の隣で——エルフの少年は目を細めた。

「気分は最悪？　そうだろうね。ただでさえ不幸なのに、濡れ衣を着せられて拘束された上に、誰も信じてはくれない。その虚しい気持ちは、とてもよくわかるよ」

「わかるものか！」

「わかるよ？　僕も周囲が敵ばかりだった時代があるからね……。何せエルフだから」

声をひそめたレストウィックの言葉で、青年が弾かれたように顔を上げた。

「エルフ？」

「そう、この国では嫌われ者のエルフだよ。珍しいことに、混じりっけなしのね！　貴方は本物のエルフに会うのは初めてかな？　迫害された経験なら貴方よりずっと長いもの。だから貴方の気持ちはよくわかると思うよ」

　レストウィックが指を鳴らすと、青年の両手を拘束していた光の紐が消失する。

「……っ、紐が、消えた……？」

「腕、傷になっていますね」

　私も青年の前に歩み出た。彼の腕に手をかざして、唱える。

「癒せ」

　瞬く間に癒えた傷を眺めて、青年は私に礼を言った。

「あ、ありがとうございます。あの……貴女は？」

「どういたしまして。治癒師のリーナです。こちらの方の付き添いで来ました」

「……ひょっとして、侯爵家の茶会でアデイラを治療してくれた方ですか？」

　私が肯定すると、青年は私達への警戒を解いた。アデイラというのは、青年が刺してしまった令嬢の名前らしい。

　青年が深くため息をついた。

　私の腕の中にいるみーちゃんがヒゲをひくひくとさせる。

『魔物の匂いは今はしないのである！　だが、残り香がないか確かめるのである』

みーちゃんが青年の肩に飛び乗った。

青年は「慰めてくれるのかい？」と表情を緩める。……点検しているだけだと思うけどな。

みーちゃんは何かを訴えかけるかのようにニャニャニャと鳴くけど、触れてないとわかんないんだよう！

青年はみーちゃんを撫でつつ、あらためて私に礼を言った。

「お礼を言います、リーナさん。貴女があの場にいてくださってよかった。彼女の命が助かってよかった……」

「治癒師として当たり前のことをしただけですから」

ひどい別れ方をした相手でも心配なんだな、と感心する私の前で青年は自嘲した。

「――もし、彼女が死んでいたら。あんな女のせいで、僕の人生は取り返しがつかなくなるところでした……本当によかった」

……前言撤回。恨みは深いみたいだ。

レストウィック少年は椅子に座り直してコホンと咳払いをした。笑いを誤魔化すためだったのを、私は見逃さなかったぞ。

血の海で『正当な復讐だ』と虚ろに呟いた青年を思い出しながら、私は腹を括った。

息絶えそうな令嬢の姿もチラつくけれど、今は青年に寄り添って話を聞かないといけない。

「私も貴方が自分の意思に反して人を傷つけたのだと、そう思っています。だから何があったか、もう一度話してくれませんか？」

その願いに応えて青年はぽつぽつと説明をしてくれた。


「何か新しい事情が判明しましたか？」

ダントン副団長が、部屋を出た私達を扉の前で待っていた。

それに、アンリまで隣にいる。

「アンリ！　どうしたの？」

「殿下を王宮にお送りしたあと、フェリシアに居場所を聞いてすぐに来た。リーナに聞きたいこともあったしな」

アンナマリーと侯爵に会うはずだったのに、よかったのかな。

レストウィックはダントン副団長に向かって皮肉げに笑う。

「どうせ扉の前で会話を聞いていたんだろう？　あれが全てだ。それから、手の拘束は無意味だからやめてあげなよ」

「しかし、逃亡の恐れが……」

魔導士団の団長はくるっと杖を回し、柄の部分をダントン副団長に突きつけた。

「あんな優男一人、拘束なしでも捕まえておけるよね？　飛竜騎士団。逃げられないように結界を張ってあげたから、両手の拘束は解くこと。万が一逃げたら僕が捕まえに行く。それでいいよね？　副団長サマ？」

「承知いたしました」

ダントン副団長は肩を竦めて了承したが、彼の背後にいる部下が『生意気な』と言いたげな視線をエルフに送るのが見えた。

騎士団の建物を出ると、そこにはドラゴンがいた。飛竜騎士団のドラゴンではなく、私にも馴染みのある顔だ。

「ルト！」

『リーナ、リーナ、ひさしぶりー。ぼくねえ、アンリとおさんぽしていたの！　リーナもいっしょにくる？　きてもいいよ』

私が真っ白な色をしたドラゴンを撫でると、彼——ルトが私に顔を擦りつけつつ、一緒のお散歩を許可してくれた。

ルトはアンリの一番の友達だから、私が割り込むとちょっと拗ねるのだ。可愛い。

「いいの？　じゃあ、お邪魔しちゃおっかなあ」

『我もドラゴンで空を飛びたいのである。乗せるのである』

「みーちゃん、空の上から落ちちゃうよ」

残念そうなみーちゃんは、ルトの頭の上に乗った。ルトは『ちっこいねこちゃん！ちっこいねこちゃん！』と喜んでいる。

アンリが私をルトに乗せて、レストウィックは飛竜騎士団（ドラゴン・ナイツ）から借りたドラゴンに乗る。

みーちゃんは落っこちないよう、レストウィックがジャケットの中に収納した。

「暴れるなよ、ミルドレッド殿下。さすがの僕でも、落っこちてバラバラになった猫を元に戻す技術はないからね」

『にゃにゃにゃ』

「一人で乗りたいって？　それは無謀だよ、殿下」

なんだか楽しそうである。

私達は連れ立って飛行し、王都が一望できる古びた塔の上にたどり着いた。

「それで、さっきの青年は何を話した？」

アンリが私達に問う。

レストウィックはドラゴンからひらりと降りると、胸元からみーちゃんを取り出してうにょーんと伸ばす。ご機嫌に戯れているので説明は私に任せるつもりみたいだ。

私は青年のことを思い浮かべながら説明した。

「おおよそはジュリアンの説明と同じ、かな」

少年時代からの婚約者に裏切られ、根拠のない誹謗中傷をされて。内心、激怒していたし、恨みに思っていたと言っていた。

『けれど、彼女を害そうなんて思ってはいませんでしたよ。先程も言いましたが、僕には未来があります。彼女のせいで、自分の未来を潰したくはない！』

そう言って彼は、自分の意思ではないと主張した。

「じゃあ、なんで茶会に来たんだ？」

「記憶にないそうよ。あの日は頭を冷やそうとして、神殿にいたんですって」

私は眼下に広がる、王都の整然とした街並みを眺めた。

中央にある広場を挟んで王宮とは反対側に、幾多の塔を持つ荘厳な建物がある。それは国教会の神殿で、礼拝堂には平民も自由に出入りできるのだ。

「そこで、一人の女性神官に会ったのですって」

黒髪に、この国では珍しい赤い瞳をした、小柄な女性。

彼女は気落ちした青年を心配して声をかけてきてくれたという。

『今思えばおかしいと思うけれど、僕は彼女に思いを吐露していました。僕がされたこと、そして元婚約者とその家族がいかに卑劣か、どれだけ許しがたいかを。彼女は僕の気持ちがわかると言ってくれたんです。そして、こう言った』

――貴方は、貴方のために報復をするべきだ……決して許してはならない。決して、怯んではならない。復讐は、私達に与えられた正当な権利なのだから……

それから意識が途絶えて、気づけば収監されていたのだという。

「黒髪で赤い瞳の小柄な女……カナエだね、きっと」

私の説明が終わると、レストウィックがおもむろに立ち上がった。

「正当な復讐。それがどうやらキーワードのようだな」

「と、言うと？」

アンリの疑問にエルフは指を三本立てた。

「リーナにはさっき説明したけど、同様の事件が立て続けに三件起きている」

一人目の老人は、若い妻を絞め殺そうとした。

彼女が若い恋人と逃げようとしたのを知り、老人は激高したのだ。

『実家の借金を全て肩代わりしてやったのに！　何不自由ない暮らしをさせてやったのに、私を裏切るなんて！』

二人目の少女は、親友を階段から突き落とした。

『王宮に勤めるのは私のはずだった！　あとから希望して採用が決まるだなんて！　きっと不正な手段を使ったんだわ！　いつも彼女が選ばれる！　そんなのずるい！』

三人目の男性は、同僚の後頭部を背後から殴打した。

『あの案件の失敗は私のせいじゃないのに！　彼が責任者だったのに！　いつの間にか私だけが悪いと……上司も同僚も、みんなそう思っているんだ！』

復讐心を持つ彼らに、赤い瞳の優しい女性が囁いた。

『これは、正当な権利だ』

『復讐するのは正しいことだ』

――と。

「アンガスの街で出会った魔物も言っていたんだろう？　友達に復讐するって」

「言っていたな」

「ひょっとしたら、共に復讐する仲間を探している最中なのかもしれないね？　その魔物の仲間探しに、君ら二人の幼馴染は巻き込まれちゃったってわけだ」

不吉なことを言わないでほしい。

「レストウィック、あんた魔物の正体に心あたりは？」

アンリがうんざりしながら聞くと、エルフはフンと鼻を鳴らした。

「まだ百年しか生きていない若輩者なんでね。何百年も昔の魔物に知り合いはいないよ」

「歴史書に詳しく書いてあったりしないのか？」

「馬鹿だね、王子様。リーナが言っていた魔物と友達の話が本当なら、王家の始祖は建国の際に魔物に力を借りて、その挙句に魔物を葬り去ったことになるんだよ」

「なるほど」

「そんな王族にとって都合の悪い歴史を、歴代の国王サマが残しておくわけないだろ？」

……確かにそうだ。

「君の兄上はともかく、お父上はご先祖の後ろ暗い歴史を暴露されるのを嫌がると思うよ？　あまり正義感だけで突っ走らないようにね、坊や」

坊や呼ばわりされたアンリは特に怒りもせず、「気をつけるよ」と言って肩を竦めた。

「――カナエと魔物が何をしたいかはわからないけど、誰かに復讐をしたい人の弱みにつけ込んで、あちこちで騒ぎを起こしているなら心配だな」

私は風で乱れる髪を押さえながら王都を眺めた。

遠くにいてもにぎわいは見て取れるし、平和そのものだけど、この中にも何かに怒っている人はたくさんいるはず。レストウィックが話してくれた三人みたいに。

「魔物は復讐したい人間を選んでいるのか。それだけの共通点じゃ探しようがないな」

「うーん……」

アンリと私が二人並んで悩んでいると、レストウィックがみーちゃんを撫でながら呆れた声を出した。

「そういう意味では、君達二人は全く役立たずだね」

「役立たず？　それはどういう意味だ？」

少年姿の長命種は、風に煽られた銀髪を気にとめる様子もなく、城下の街を見渡した。

「だってそうだろう？　君達だって、色々とひどい目に遭ってきたじゃない？」

私とアンリは顔を見合わせた。それに焦れたようにレストウィックが言う。

「復讐したいやつなら周りにいっぱいいるだろ、って意味だよ。件のシャルルの友人で、不遇な目に遭っている。真っ先に魔物の餌食になりそうなのにね？」

復讐したい相手かあ。私は首をひねった。

「私を追放した仲間達のこと？　シャルルは恨むどころじゃないし、一人は謝ってくれたし、もう一人はグーで殴ってすっきりしたし……今は別に怒ってないかな」

私は二人を思い出しながら言う。アデルは泣きながら反省してくれたし、サイオンに対しては盛大にムカついていたけど殴ったらすっきりしたし。

それなのに何故かレストウィックは呆れ顔だ。

「そうじゃなくて。そもそも君は両親の死後に、親戚の手で施設に放り込まれたんだろう？　捨てられて、財産も奪われて。今は君自身に知名度があるし、権力を持つ友人もいるんだから、親戚を探して財産を取り返してみたら？」

「なんで私の事情まで知っているの？」

そっちの方がびっくりだよ！

レストウィックは「君とシャルルが王都に来たときに調べた」とあっさりと白状した。

怖っ！　身辺調査とかされていたわけか！

私は六歳の頃に両親と死別し、親族によって施設に預けられた。それ以後は連絡も途絶えているし、名前もぼんやりとしか覚えていない。けれど施設には記録が残っているだろうから、探そうと思えば探せるかも。

「そ、その手があったのね。全く考えもしなかったけど……」

「坊やだってそうじゃない？」

レストウィックに聞かれて、アンリが不思議そうに首を傾げた。

「君と母君を放置しておきながら、自分勝手に王都に呼び寄せた挙句、伯爵位しかくれないケチな父親に復讐してやりたいとか思ったりしないわけ？」

不遜な発言に、私は思わずぎょっとした。アンリのお父様といえば、国王陛下のことだ。

こんな塔の上に誰もいるはずないけど、ぎくりとしてしまう。

「恨んでも時間が巻き戻るわけじゃないし、母と陛下の間に何があったかなんて、俺は知らない。恨む気にもなれない。俺が問題を起こしたら陛下というより王妃様に申し訳ないしな」

「ふぅうん」

レストウィックは心なしか、不服そうに口を尖らせた。

「それに、そのおかげでリーナとシャルルに出会えた。運命的だなって、むしろ感謝してるよ。な？」

同意を求められて、私は言葉に詰まった。運命かあ。

まあ、でも。

「私も両親のことを知る人に会えないのは残念だけど……施設では決して不幸じゃなかったもの。アンリもシャルルもいたし、復讐なんて考えもしないよ」

エルフの魔導士はフン、と笑って私にみーちゃんを押しつけた。

みーちゃんがにゃーん、と鳴きながら私の肩にぶら下がる。

「お人好しだね、君達は」

「前向きだって評価してくれよ、リィ」

愛称で呼んだアンリを、リィが冷たい目で見つめた。

「レストウィックだよ。きちんと呼んで。伯爵に愛称で呼ばれる覚えはないんでね」

「俺のことは坊やって呼ぶくせに？」

少年はそれには答えずに薄く笑い、ドラゴンに飛び乗る。

「とにかく、僕はもう少し君達の親友の足跡をたどってみるよ。また明日、僕の書斎に来てくれ」

レストウィックはじゃあね、と手を振った。

「老人は気を利かせて先に戻るから、久々のデートでも楽しんできなよ。ちょうど花祭りの時期だし、若い二人には最高のシチュエーションだろ」

アンリは「ああ」と今ようやく気がついたように頷き、私は首を傾げた。

何が最高なの？

「君の兄上には黙っておいてあげるよ、じゃあね」

エルフは気まぐれに去っていき、私達は二人で残されてしまった。

「……あの爺さんの考えていることが、よくわからん」

ぼやいたアンリは私の手を取ると、「行こうか」と微笑む。そして私をあっという間にドラゴンの上に乗せた。

『花祭りってなんなのである？』

みーちゃんが疑問を口にする。みーちゃんはアンガス生まれだから知らないよね。

「花祭り、俺も初めてなんだけど――」

城下を見下ろしながら、アンリが花祭りについて説明してくれた。

花祭りはハーティア王国を建国した初代国王の妃を讃える祭りだ。

彼女はどこか遠い国からやってきて、若き日の王を支えた。そして、世継ぎの王子を産んで儚くなった。または母国へ帰ったとも言われている。

花の季節に、空の向こうへ。

そうして死後は女神として崇められているのだ。

「伝説だから、どこまでが本当かわからないけどな」

アンリはルトを器用に誘導して城下に降りた。

相棒に「ごめん、少しお留守番な！」と告げて専用の厩舎に預ける。

ルトはピイと鼻を鳴らすと、地べたに座り込んで拗ねた。

『ぼくも街をおさんぽしたいのに！　アンリのばかぁ！　うわあん！　ばかぁ！　だいきらい！』

「リーナ、ルトは怒っているか？」

「ものすごーく怒っているけど、今は通訳しないでおいてあげる」

「……あとでいっぱい遊んでやるから、ごめんな、ルト」

『うん……はやくかえってきてね』

それを聞いて、みーちゃんがヒゲをひくひくさせた。

ぴょん、とルトの頭に飛び乗って、ぺしぺしと猫パンチを繰り出す。

『我が一緒にいてやるのだ、小僧！　それならば心細くないであろう！』

『ねこちゃん、いっしょ？　ほんと？　やったあ』

途端に元気になったルトをみーちゃんに託してから、私達は大通りに出てみた。

「花祭りの祝福を！」

「祝福を！」

「貴女にも女神の慈悲（じひ）が降り注ぎますように！」

鮮やかな衣装に身を包んだ三人の若い女性が歩いている。掌（てのひら）に盛った薄桃色の花びらを沿道の人々に向かってまくと、花びらが雪のように降り注ぐ。

子供達が手を伸ばして花びらをつかもうとする。躍起になる彼らの姿を、保護者らしき大人達は目を細めて見守っていた。平和な光景に、心が和むな。

「貴方達にも祝福を！」

「えっ？」

三人のうちの一人が、私の頭に花冠を被せてくれた。

「恋人達にも祝福がありますように！」

「かっこいい人ね。貴女も可愛いけど」

恋人達……って、もしかして私とアンリのこと!?

「えっ、いや、違う」

「ありがとう！」

焦る私の言葉を遮って、アンリは満面の笑みを娘さん達に向けた。三人はきゃーと笑って私達を囲むと、「せーの」で花びらをまいて去っていく。

周囲の人々が口笛を吹いたり、「若いね」とか冷やかしたりするので私は赤面した。

違うったら！

「花冠、似合っているよ、リーナ」

「うそばっかり！」

にやにやと笑うアンリを小突く。

可愛い花冠だけど、このまま大通りを歩いたら目立って仕方がない。

「外すのか？」

頭に手を伸ばした私を、アンリが至極残念そうに見た。

「外します！　アンリと違って、私は人の注目を集めるのに慣れてないの」

「へーえ？」

アンリはひょいと花冠を取り上げて、自分の頭にのせた。

「じゃ、俺が代わりにもらおう」

漆黒の艶やかな髪に、薄桃色の花弁は意外なほどよく似合う。

沿道で飲み物を売っていた老人が「似合うぜ、綺麗な兄ちゃん！」とおどけて声をかけてくる。

アンリは胸に手をあてて、妙に艶っぽく目くばせをしてみせた。

「俺もそう思う！」

周囲がどっと笑うので、私も思わずつられてしまった。

「目立ちたくないって言ったのに！　アンリのせいで私まで巻き込まれちゃったじゃない」

私の自慢の幼馴染は華やかな容姿と明るい性格で、ただでさえ昔から目立つけど。変な格好をしていても、おどけていても、否応なしに人目を引いてしまう。

アンリは花冠が落ちないよう頭に手を添えつつ、安堵したように息を吐いた。

「やっと笑った」

「え？」

何を言われたのかわからず聞き返すと、アンリは青紫の目を少しだけ細めた。

「王都に戻ってから、ゆっくり話もできなかっただろ？」

「……うん」

「会っても難しい話ばっかりしていたし、元気がなかったからな。心配していた」

「そんなことないよ、全然」

手を差し出されたので、反射的に握り返してしまう。

「今日は人が多い。はぐれないように、しっかり握っていて」

「……うん」

人が多いから仕方ない、って自分に言い聞かせつつも、そっと周囲を窺った。ここは王都だもの。アンリの顔を知っている人もいるかもしれない。

伯爵様に馴れ馴れしい態度を取るのは、許されないんじゃないかな。

アンナマリーやフェリシアは私がアンリと親しくするのを気にしないだろう。でも、ジュリアンはアンリが私に構うのを快くは思っていない。

私は、クロード殿下のどこか冷たい色の瞳を思い出した。

どう考えても、私は王太子殿下には歓迎されていない。

「花祭りはひと月続くんだ」

アンリが明るい声で説明を続けてくれた。

城下では女神の使いに選ばれた女の子達が、人々を祝福して回り、人々は女神の使いである彼女達に、豊穣を祈るという。

「花祭りの最後の日は満月で、女神が月に戻るのをみんなで見送る……国王役を王族が、女神役を高位貴族の娘が演じるんだ」

「じゃあ、アンリが王様役をやるの？」

「まさか！　王太子殿下が務めるよ。二回目みたいだけど。前回はまだ子供だったから、きっと可愛かっただろうな」

へぇ！　と思いながら、私は王太子殿下の子供姿を想像してみた。

今でも容姿の整った貴公子だけど、子供の頃はそれこそ天使みたいだっただろうな。

「絵姿があるんじゃないかな」

アンリが私の手を引いて、沿道を歩く。

そして国教会が王都の要所要所に建てた小さな礼拝堂の一つに入ると、入り口のすぐ横に花祭りに関するオブジェと女神像が飾られていた。

女神像の下には信徒が捧げたらしいたくさんの花と、その花々に囲まれた小さな男の子と可愛らしい女の子の絵姿がある。

ピンク色の頬をしたあどけない少年は、間違いなく王太子殿下だろう！

「可愛いよなあ。何がどうなって、あんな風になるんだ？」

「あんなって！　アンリだって子供の頃は天使みたいだったよ？」

「今だってそうだろ！」

花冠（かかん）を被ったままで胸を張らないでほしい。

私は絵姿を手に取って眺めた。

「王太子殿下の隣はどなたなんだろう」

それは、とアンリが少しだけ表情を曇らせた。

「王太子妃、だった方だよ」

「だった……？」

「二人が結婚してすぐに、王太子妃は病でお亡くなりになったんだ」

そう、と私は小さな赤毛の女の子に視線を落とした。

彼女はなんの憂(うれ)いもない表情で花が綻(ほころ)ぶように笑っていた。この先、彼女の進む道には幸せしか用意されていないかのように。

「殿下がまだ独身なのは彼女のことが忘れられないからだって、そう噂(うわさ)する者も多い。仲のいい夫婦だったそうだから」

アンリがまだ施設にいる頃にお亡くなりになったから、アンリは彼女に会ったことがないらしい。王太子殿下には再婚の話が何度も出ているそうだけど、クロード殿下は首を縦に振らないのだとか。

私は絵姿を元の位置に戻した。

絵の中の二人は、無邪気に幸せそうに微笑んでいる。

「花祭りは、初代の国王夫妻の再会を祝う祭りだ。だから、花祭りの年に結ばれた恋人達は幸せに添い遂げるって、そういう伝説があるんだ」

初代の国王夫妻のように、クロード殿下は愛する人と幸せな結婚をした。けれど、めでたしめでたしの先に、悲しい未来が待っていたのだ。

「……王太子殿下から、何か言われた？」

アンリが少し声のトーンを落とす。

「何かって？　何も言われてないよ」

「……ならいいんだ」

「ただ……」

うん、とアンリが頷く。その声が優しいので、ぽろりと本音が漏れた。

「貴族の人達とこんなに触れ合うのは初めてだから、少し気後(きおく)れするかな」

「そうか」

「礼儀とか、会話の機微(きび)とか……よくわからなくて難しいね」

アンリが遠い人だと実感しちゃったよ、とは言わなかった。

言えば、遠く感じて寂しいと本音を漏らしているようなものだから。

聖女だなんだと持ち上げられても、それは貴族階級の人達にはあまり関係がない。私は所詮ただの治癒師で、国王の息子である伯爵の周囲をうろつく、おかしな娘だと思われているのだろう。

「嫌な思いをしたり、困ったことがあったりしたら、俺に言ってほしいけど……」

「わかった。頼るよ」

その返事を聞いたアンリは少し困った顔をした。

「嘘ばっかり、だな。絶対に自分で解決する気だろう？　なんでも」

「そんなこと、ないよ」

「リーナの『大丈夫』も『そんなことない』もあてにしないことにしているんだ」

アンリはそう笑って、私を再び大通りに連れ出した。

花冠を外して私の頭にのせてくれる。

「言ってくれないなら、俺は勝手にリーナを見ていることにするから」

さらりと言われちゃうと、とても反論がしづらい。

アンリは私の手を引きながら歩いた。

「殿下と俺は似ていないけれど、俺には殿下の気持ちがわかる。大切な人がいなくなって、他の誰かと添い遂げろなんて言われても、俺には無理だ」

立ち止まったアンリの顔を見上げると、綺麗な青紫の瞳がすぐそばにあった。私は思わず体を硬くしてしまう。

アンリは苦笑して、私の花冠にキスを落とした。

「せっかくまた会えたのに、距離を置かれると寂しいよ。リーナ。……俺を一人にしないで」

低く甘く囁かれる。

……嘘ばっかり。一人、なんかじゃないでしょう？

ジュリアンも王太子殿下もアンナマリーも。その他にもきっと、たくさんの人がアンリのそばにはいるでしょう？

私がいなくても、全然平気でしょう？

そう、冗談めかして反論を試みようと思ったけれど、私は顔を上げられなかった。

アンリの目を見たら、私の拒絶の意思なんて、たやすく溶けてしまうから。

一人になんてしないよって、ずっとそばにいるよって簡単に言ってしまうだろう。

だけど、きっと簡単なことじゃない。

私達のそばを、先程の三人とはまた別の『女神の使徒』達が通りかかった。そして私達に向かって花びらをまいていく。

三人は花嫁が被るようなお揃いの白いヴェールを被って、その上から色とりどりの花冠を被っていた。

「祝福を！」

「女神の祝福を、幸せな恋人達に！」

違う、と言おうとした私に、三人目の女性が微笑みかけた。

「幸せな二人に私からも祝福を。聖女様、お花をどうぞ？」

小柄な女性は私に一輪の花を差し出す。

結構です、と返そうとしたら、彼女と視線がかち合った。

小柄な女性の髪は黒。

猫のように大きく、蠱惑的な瞳の色は、血珊瑚の色——

彼女の口元が三日月の形にニイと歪められて、そこから白い歯が覗く。

「カナエ⁉」

「何⁉」

驚いた私に続き、アンリも声をあげる。

「待って！」

カナエは素早く身を翻した。

追いかけようとした私の行く手を、残りの二人が阻む。

「聖女様に祝福を！」

「未来の国王陛下に祝福を！」

彼女達は声を揃えて言った。

「幸せな二人に、心からの祝福を！」

「きゃっ」

彼女達の両手いっぱいに盛られた花弁が私に浴びせられる。

こんな量、絶対に彼女達の掌には余る。

きっと何かの幻覚に違いない。

身を翻したカナエに続いて、彼女達も駆けていく。

「待って！　待ちなさいったら！」

「リーナ！」

アンリが制止しようとしてくれたけど、私はそれを振り切ってカナエ達を追いかけた。

三人は笑いながら去っていく。人波に紛れた三人を追いかけようにも、彼女達を笑顔で見送る人達に邪魔されて全く進めない。

「祝福を！」

「国民全てに、――の祝福を！」

「私達の主である――の……！」

三人は笑いながら、なおも人々を煽る。

人々は熱に浮かされたかのように彼女達に近づいて、花弁を競って手に入れようとする。私は揉みくちゃにされながらも、三人に向かって手を伸ばした。

「待ってカナエ！　貴女は今、シャルルと一緒にいるの？　何を考えているの？」

――僕なら。

と、耳元で声が聞こえた気がした。

私は弾かれたように振り返る。

「ここにいるよ。ずっとここにいたんだ。君達が僕を忘れていただけで……」

天使のような顔で、彼――シャルルは微笑んだ。

「っ、シャルル……」

いつからそこにいたのか、私の前に立っていたシャルルはにこやかに首を傾げる。

違う、シャルルじゃない。

中にいるのは魔物だ。金色の髪に、赤い瞳。

自分を裏切った友達……すなわち初代国王に会いに行く、と笑っていた魔物。

こんな雑踏の中で対峙する羽目になるとは全く思っていなかった。

――逃げるにしろ、人を巻き込まないようにしないと！

どこかに場所を移せないかと周囲を窺った私の耳に、シャルルの困惑した声が聞こえた。

「……あれ？」

ぼんやりとした呟きに、私の動きが止まる。

「ここは……どこ？」

私は呆けたようにシャルルを見上げた。

その瞳は禍々しい血の色ではなく、海のようだと形容される青に戻っている。

「シャルル？」

「……あれ、リーナ？　怪我は？　もう起きても大丈夫なのかな」

シャルルの言葉の意味がわからず、怪訝に思って……はっとした。

旅の仲間達の証言を思い出す。私がアンガスの街で魔物に襲われたのと同時にシャルルも魔物に襲われて、それからおかしくなったのだと。

彼の記憶はそこで止まっているんじゃないだろうか？

「――私がわかる？　シャルル」

思わず駆け寄って腕をつかむ。

「何を言っているの？　当たり前じゃないか」

シャルルは困惑した様子で胸元の硝子を握りしめた。

三人でお揃いにした硝子のペンダント。

アンリは青紫、私は橙まじりの緑、シャルルは青の硝子瓶を探して、三人で試行錯誤して丸くして……。困ったときに硝子に触れるのはシャルルの癖だ。

「ここは、王都だよ！　私とシャルルがアンガスのダンジョンで怪我をしてから、もう何か月も経っているの。ねえ、とにかく私と一緒に来て？　お願いだから」

「どういうこと？」

シャルルが正気に戻った理由はわからないけれど、今なら連れて帰れるかもしれない。

そう思って私が彼にすがったとき、雑踏の向こうからわぁっと歓声が聞こえた。

「女神の使徒が来たよ！」

「お姉さん達、私も祝福してちょうだい！」

女神の使徒？　まさかカナエが戻ってきたのかと危ぶんだ私は、雑踏の向こうに視線を動かし、彼女とは全く違う容姿をした三人娘に安堵する。

「ああ、花祭りの季節なんだね」

シャルルは私の困惑をよそに、場違いなほどのんびりと言った。

「そう、花祭り……」

「知っている？　花祭りの主役は国王陛下とその奥方なんだ」

私はシャルルの言葉に頷いた。先程、アンリから説明を受けたばかりだ。

「二人の再会を祝う祭り。ねえ、この花の謂れは知っている？」

「知らないわ」

「じゃあ、調べてみるといいよ。いたるところにこの花の香りが満ちている。甘ったるくて、頭が痛くなりそうだ」

のんびりとした声が一音ごとに低くなり、私の背筋を汗が伝う。

シャルルは、どうして祭りの謂れを知っているんだろう。王都出身でもないのに……

「……違う、貴方はシャルルじゃない」

唸るように言うと、シャルルの顔をした魔物はゆっくりと瞬きをした。

綺麗な青い海の色が、赤い血の色に取って代わられる。

「無事に王都に来たんだね。褒めてあげる、リーナ」

「褒められる筋合いなんてないわよ」

「アンガスに置いてきた僕の一部を、あっさり大人しくさせちゃったんだね？　君はすごいや」

魔物から離れようとするのに、すさまじい力で右手を握られて身動きができない。

「――放して」

「君の方から僕を追いかけてきたのに、それは身勝手なんじゃない？」

魔物の表情は実に豊かだ。

アンガスの街で会ったときは凶悪だったけれど、どこかぼんやりとしていたように思う。けれど今は表情がはっきりしていて、会話もスムーズだ……魔物の意識がしっかりしてきたということ？

「ねえ、少し遊ぼうよ。せっかく王都に来たのに、僕とカナエだけじゃ寂しい。皆で踊ろう。リーナ、君も一緒に」

私は息を吸い込んだ。

握られていない方の手で花冠（かかん）に触れる。

「失礼ね。嫌がるレディをダンスに誘うなんて」

「そう？」

「絶対にお断り！　踊る相手は私が選ぶわ！」

左手の指にありったけの魔力を込めて、私は叫んだ。

「甦れ（リバイブ）！」

「……くっ！　わっ！」

非常識なほどの魔力を注がれて、花が一気に咲き誇る。私はそのまま花冠（かかん）をつかむと魔物に向かって投げつけた。

摘み取られたはずの茎が不自然に再生して、その体積を何倍にも増やしながら、魔物の腕に絡みつく。いたるところに咲いた花が風に散らされ、魔物の視界を覆（おお）う。

予想外の動きだったのか、魔物が怯（ひる）んだ隙に、私は彼から腕の自由を取り返した。

「くっ！」

薔薇（ばら）科の花なのだろうか。再生された茎には鋭い棘（とげ）があったらしく、それを払おうとした魔物の指に血の玉が浮いた。

余裕綽々（しゃくしゃく）だった魔物の表情に不快の色が滲（にじ）む。

「……傷をつけられるのは嫌いなんだ」

「誰だってそうだと思うわよ。私もシャルルを傷つけたくなんかない……」

血に染まったと思った爪が、たちまち色を変える。肉食獣のそれのように、どす黒く。

その手がこちらに向かって伸ばされて――

「痛っ」

「これでおあいこだね、聖女リーナ！」

爪から逃（のが）れた際に、少しだけ傷をつけられた。私は頬から滴（したた）る血を拭（ぬぐ）う。そんなに深くはないみたいだ。

魔物が何事か呟（つぶや）くと、彼を拘束していた茎は無残にバラバラになる。花弁がまるで彼を祝福するかのように、空中に舞い上がって散った。

私達の周囲の人波から再び歓声があがる。花祭りの余興だと思われたのだろう。

「すごい！　花が再生したぞ」

「綺麗……！」

「もっとやって！」

何をするにも、ここではまずい。私が身構えた瞬間――

「リーナ！」

頭上からアンリの声が聞こえた。

白いドラゴンに跨って、その後ろには王宮に戻ったはずのレストウィックもいる。

飛び降りたアンリと、ゆっくりと浮きながら降りてきた少年に、人波はますます歓声をあげて、魔物は舌打ちした。

「魔導士まで来たんじゃ分が悪いや」

「シャル……！」

風が吹いて、花弁が辺りに舞う。

一瞬目を閉じてから魔物を探したときには、そこには誰もいなかった。

「リーナ大丈夫か？」

心配するアンリに頷いてみせる。

レストウィックはあーあ、と呟いた。

「せっかく捕らえるチャンスだったのに。逃しちゃったな」

「レストウィック、帰ったんじゃなかったの？」

「坊やから、君が飛び出したから追ってくれって呼び出しがかかったんだよ！　君も考えなしに動くの、やめてくれない？　シャルルは逃がすし、最悪ぅ」

うう。返す言葉がございません。

そうこうしているうちに街の人達がざわつき始める。

「……なんだったんだ、今のは？」

「消えた？　さっきの金髪の青年、どこかで見たことないか？」

しまった、と思った私をよそに、レストウィックは杖を一振りした。

「花祭りの祝福を皆さんに！」

杖から花が咲いたのかと思うくらい、花びらが一気に空に舞い上がる。

彼が地面にあった水溜まりを叩くと、無数のシャボン玉が空に向かって飛び立った。

七色のシャボン玉を捕まえようと、子供達を中心に人々が手を伸ばす。

「祝福を！」

殺到する人々に道化師よろしく優雅に一礼した魔導士は、私達を振り返る。

「……さ、帰るよ！」

眉間に皺を寄せて促され、私は大人しく彼に従った。

第三章　花はどこから来たか

翌日、魔導士団を再訪問した私は、職員（?）の皆さんから歓待を受けた。

フェリシアも一緒だ。

「ああ、これは聖女リーナ！」

「おはようございます、リーナさん。今日も建物の修復に来てくれたんですか？」

「フェリシアもおはよう！　君が戻ってきてくれたおかげで団長の機嫌がよくて助かるよ！」

修復という言葉に、そういうわけじゃないです、と首を振る。

「今日はまだ壊れていませんけど、また爆発したらよろしくお願いしますね！　しゅう……聖女リーナ！」

「いま、修復士って言いかけませんでした？」

「まっさかあ」

職員さん達は笑顔で首を振った。

うん、本心がダダ漏れしていたね！　便利な修復士だと思われているね、私！

しかし、そんなにしょっちゅう壊れるような宿舎でいいんだろうか……

「訪ねてくるように団長から言われたのですが、レストウィックはどこに？」

私は職員さんに案内され、彼の部屋の前に到着した。

「じゃあ、頑張ってくださいね」

そそくさと職員さんは逃げていき、私とフェリシアはぽつんと取り残される。

「魔導士団って、ちゃんと機能しているのかしら……」

「自信を持って肯定できないところが辛いわ」

フェリシアはため息をついた。

「もともと魔導士には魔族やエルフの縁者が多いから、貴族階級や王族には疎まれていた時期があって。今でも、王宮内では他の団に比べて地位が高くないのよ。だから何十年も前から王宮の外れに追いやられているの」

「そんな不遇な時代があったの？　でも、私はエルフでも魔族でもないけど魔法を使うし、アンリだって魔力があるし……線引きがわからない」

「魔族やエルフの使う魔法は邪悪、という時代があったのよ」

そんな時代からレストウィックは王家に仕えていたらしい。その高い魔力を評価されて。

　たしか、百歳近いと昨日言っていたような……

「彼が団長になってから、魔導士団の待遇も随分とよくなったのよ。性格はきついけど、各部署との交渉はうまいし、王太子殿下とも懇意で何より魔力が高いから、高位貴族でも彼には一目置いている。私もその恩恵は受けているんだけど」

　確かに、昨日一日そばにいただけでも、レストウィックの多才ぶりには感心したもんな。

「仲が悪いとか言っていたくせに、評価はしてるんだ？」

「それはまあ、ね。リーナの治癒の腕前と張り合えるんじゃない？」

　照れ隠しかな？　これは。

　ありがとうと礼を言って、私はコンコンと団長の部屋の扉をノックした。すると扉の前にふわりと光が浮いて、その中からパタパタと音を立てて何かが飛んできた。

　鳥？　青い小さな鳥が私達の周りをぐるぐると回っている。

「団長の使いね」

　魔法で作られた鳥はぱくりと口を大きく開けて鳴いた。

「きゃ」

「わっ」

青い鳥からなんらかの魔力が生じて、私達は巻き込まれる――

思わずつぶっていた目を開くと、ひらひらと手を振るレストウィックと王太子殿下がそこにいた。

「殿下！」

フェリシアが慌てて礼をする。

私もそれに倣いながら部屋の様子を窺った。この前通してもらったのは、たくさんの本がある図書館みたいな執務室。それとはまるで違い、ここは南国の温室みたいだった。色のはっきりとした植物が生い茂り、それを彩るみたいに極彩色の小さな鳥が何羽もいて、チチと可愛らしく鳴いている。私達を連れてきた青い鳥も群れに戻っていった。精巧にできているけれど、目を凝らせば作りものだとわかる。

「……淑女二人を招くにしては乱暴なやり方なんじゃないか、リィ？」

「鳥によって秘密の花園に招かれる。って、おとぎ話みたいで可愛い方法だと思ったんだけどな。どう？」

「普通に招いてください、団長」

フェリシアが苦情を言うと、レストウィックは「つまんない」と口を尖らせた。

「私はこれで失礼するが、フェリシアとグラン嬢はゆっくりするといい」

王太子……クロード殿下はにこやかな表情のまま私に視線をよこした。

「私が知る限り、レストウィック団長は最も魔力の高い人物だよ。グラン嬢。君にも負けないかもしれない」

「はい殿下。昨日、たくさん魔法を見せていただきました」

「君も素晴らしい治癒師だ。――君が魔導士団に加入してくれればとても嬉しいと思うが、どうかな？」

にこやかに言われて、私は言葉を探した。

「ありがたいお申し出ですが、殿下。今は自分が取り逃がした魔物を追うことに専念したいと思います。そのあとは……できればアンガスのギルドに戻ろうかと」

「そうか？　それは残念だ。しかし、一度ゆっくり考えてくれ」

カチャンと音を立てて、レストウィックが持っていたカップをソーサーに戻した。

「僕に相談なく推薦しないでくださいますかね、殿下」

「リィだって優秀な仲間が増えるのは嬉しいだろう？」

そう聞かれた少年は、ふんと鼻を鳴らした。

「生意気で有能な部下はもういいや。――僕が自由にできなくなるし。さ、この話はとりあえずおしまい。殿下はさっさと帰って書類にまみれなよ」

クロード殿下は苦笑して「では」と去っていく。

レストウィックは例の人形に頼んで私達の分のお茶を用意してくれた。

「クロードはよっぽど君を警戒しているんだねえ～」

少年エルフはにやにやと笑った。

「君、身分とかどうでもいいと思ってるだろ？　貴族に会っても物怖じしないし、クロードのことも表面上は敬うけれど、本心では畏怖も尊敬もしてないし……」

「そんなことないですよ」

どうしても棒読みになるのは許してほしい。

前世は日本人だったせいか、貴賤なんてあんまり気にならない。貴族というだけで権威をひけらかされても、畏怖は感じなかった。反発を覚えるというよりは、ぴんとこない、という感覚の方がしっくりくる。

レストウィックは笑った。

「魔導士団は、君と同じで権力の埒外にいる人間が多い。だから過ごしやすいとは思うけど、出世もしないし貴族には嫌われるし……ついでに、王族の血を引く伯爵殿との結婚なんて遠のくからね？　迂闊に同意しなくてよかったよ」

お茶を飲み込んでいる最中に変なことを言わないでほしい！

「そ、わ、ま」

カップを持ったまま慌てた私に、魔導士二人はニヤニヤと笑っている。

その笑顔そっくりよ、貴方達！

『『そんな！　私はアンリとはそんな関係じゃありません』――って？　そんな言い訳が通じると思ってるのは君だけだって、あはは」

「……そうですか」

「クロードとしてはアンナマリーとアンリをくっつけたいからねえ、治癒師の君が脅威というより、弟をかっさらっていきそうな君が怖いんだな」

フェリシアが横目で上司を見た。

「団長は親しいクロード殿下の意を汲もうとは思わないわけですか？」

「クロードが国のためにリーナ達の仲を反対しているんなら、仕方なく協力してあげてもいいけど、あいつのあれは完璧に私情だからねー。協力する義理はないかなー」

私情？　と聞き返してみたけれど、人の悪い団長は答えてくれなかった。

そこでチチチとまた青い鳥が鳴く。

『お客さん！　お客さん来た！』

鳥の姿がぱっと消えて風が吹き、温室の床に淡い光の魔法陣が浮き上がる。ほどなくして魔法みたいに――いや真実魔法なんだけど、若い男女が魔法陣の上に現れた。

「アンリ！　それにマリー様も！」

マリーことアンナマリーは、今日はラフな装いだった。ストロベリーブロンドの髪をきっちり結い上げて帽子の中に押し込み、白いシャツを着ている。シャツの上から一枚のドレス……というよりかは、ワンピースと呼ぶ方が相応しいものをまとっていた。

「今日は私、婚約者候補のアンリ様と郊外へデート……という名目で来ましたの」

それを聞いた私がアンリに視線を向けると、彼はコホンと咳払いをした。

「名目だってば」

アンナマリーはうふふと可憐に微笑む。

「クロード殿下がお帰りになったと聞いて、こちらに来ましたの」

「……今お帰りになったばかりなんですけど、よくわかりましたね？」

アンナマリーは笑みを深くして石版を示した。

「リィが教えてくれましたの！」

「いくら侯爵令嬢が相手とはいえ、殿下の行動に関する情報を漏洩していいんですか」

私が胡乱な目で見ると、レストウィックはふぃっと視線を逸らした。

ダメじゃん！　私情で動くべきじゃないってクロード殿下を非難していたくせに、レストウィックも公私混同していません？

私の思いをよそに、アンナマリーは話を進める。

「殿下が、私とアンリ様が愛を育んでいると盛大に勘違いしている間に、こちらも作戦会議をしましょう」

「作戦会議？」

きょとんとした私に、アンナマリーは肩を竦めた。

「貴方達の大切なシャルルを見つけて、魔物を追い出すんでしょう？　その方法を探すなら、協力するわ」

「ありがとうございます」

アンナマリーはいいのよ、と微笑んだ。

「ああ、そういえばカナエについて、フェリシアが調べてくれたんだけど」

レストウィックがそう言ってフェリシアを促す。昨日、調べてほしいことがあるとフェリシアに言っていたのは、カナエの件だったみたい。

フェリシアはカナエが異世界（それが日本だと私は知っているけれど）から来たことや、国教会の保護を受けながらもこの国に馴染むのに苦労していたことを話してくれた。

「当時すでに隠居していた二代前の大神官様に可愛がられていたようですね。私が話を聞いた神官は『祖父と孫のように親しくしていた』と言っていました」

大神官様は人格者として有名だったとか。

治癒師としての才能があったカナエに目をかけていたらしい。ようやくこちらの生活にも馴染んだ彼女は一年ほど前、大神官様が亡くなったことにひどく落ち込んでいたとか。

家族から離れて異郷の地に来たカナエはさぞ不安だったことだろう。そんな中で親しい人を失ったんだもの。落ち込むのも仕方ないと思う……

そんな孤独な彼女につけ込もうとしたのが、アンガスの街へ同行した貴族の青年だったらしい。勤務態度も素行も悪く嫌われ者だった彼は、執拗にカナエを口説こうとして彼女を辟易させていたみたいだ。

その同行者の行方は今もわかっていない。

「断定はできませんが……ダンジョンで亡くなっている可能性が高いかと」

フェリシアの推察には誰もが同意するだろう。

「……もしそうだったとしたら、カナエは責任を問われますか？」

貴族の青年は侯爵家の縁者だったという。自然とアンナマリーを見てしまうのは許してほしい。

そのアンナマリーは「そうねえ」と至極冷静に言った。

「彼の事件にカナエが関わっているならば、法が裁くでしょう。けれど、彼女に後ろ盾がないせいで不利な判決が出ることのないよう、私が責任をもって見守ります。青年が我が一族の縁者だからといって、特別扱いはさせないわ」

私は胸を撫で下ろした。

「ありがとうございます」

お礼を言うと、アンナマリーは苦笑した。

縁者といっても過去に数回しか会ったことがない関係らしい。

「今言ったようなことを私に誓わせたくて、リィはフェリシアにカナエのことを調べさせていたんでしょう？　どうせ」

ん？　そうなの？

レストウィックは私達の視線を集めて「まあね」と肩を竦めた。

「僕は立場の弱い人間の味方をしたいんだよ。見知らぬ世界に一人で放り込まれた人間の孤独はよく知っているから」

「団長……」

フェリシアが少し感動したように呟く。私もちょっと見直した。

「それに、魔物にこれだけ長く操られている人間はいないだろ？　体と精神にどんな変化が起こっているのか、ちゃんとじっけ……検査しなくちゃね」

「実験？　って言いました？　今」

「言っていないよ、フェリシア。耳が遠くなったんじゃない？」

前言撤回。

——やっぱりちょっと危ない人だな！

「魔物の影響を受けると、体や精神にどういう変化があるか、か」

アンリが独り言のように呟いて、レストウィックを見た。

「団長。貴方の強大な魔力を見込んで、ここに招いてほしい者がいるんだが」

「天才たる僕の魔力をもって？」

そこまでは誰も言っていない。

でもアンリが耳打ちしたら、いいよーと魔導士は呪文を唱えた。

空中に魔法陣が浮かんで……

『にゃっ』

『なんなのにゃー』

現れた二匹の猫が空中でもがく。

「ミケちゃん、みーちゃん！」

レストウィックによって地面に下ろされると、みーちゃんは不機嫌な様子で顔をぶんぶん振った。

『なんなのである、我らは崇高な目的をもってフェリシア宅を見守っていたのである。勝手に呼び出すでない！』

「あら？　可愛い黒猫ちゃんね。いらっしゃい」

『別の美女がいるのであるー、我を愛でるのであるー』

面食いなみーちゃんは乞われるままにアンナマリーの膝に飛び乗り、すぐさま腹を上に向けた。節操ないね!?

『お昼寝中だったのにゃー。まだ寝ていたいのにゃー』

ミケちゃんはフェリシアにだっこして、とばかりに前脚で訴えかける。

それぞれ美女の腕の中におさまった猫ズに私は話しかけた。

「お昼寝中だったのね、二人とも」

『リーナは何をしていたのである！　そろそろ我らのご飯時であるぞ』

「あ、ごめん！　何か準備を……」

言いかけて、私ははっと口をつぐむ。

フェリシアとアンナマリーは不思議そうに私を見つめ、レストウィックはニヤニヤしながら私を見ていた。

アンリは頭が痛いとばかりに、こめかみを揉んでいる。

私が口元に手をあてて失言を後悔していると、アンリは低く唸った。

「魔物の血の影響で、触れているときだけ猫や魔物の言葉がわかる……んだったよな、リーナ」

「ええっと、はい……」

「今、猫達に触れていないのに……会話していたよな?」

誤魔化そうとして諦めた。

私は嘘が下手なのだ。誰かを騙し通せたことなんかない。

「ええっと……はい」

「いつから?」

その質問に答えられずにいると、親切な魔導士団の団長が口を挟んでくれた。

「君、昨日魔物とやり合ったとき、少し傷を負っていたよね?」

「う……」

そう。昨日魔物と対峙した私は爪で傷つけられ、魔物の血を取り込んでしまった。

すぐに自分で癒したから問題ないと思ったけれど、フェリシアの家に戻る際にドラゴンのルトに会って、さらにみーちゃんと話したことで異変に気づいた。

「魔物の血の影響をまた受けたせいで、触れてなくてもドラゴンや猫の会話がわかるみたいです」

「魔物にまた一歩近づいたってわけか」

呑気なレストウィックの指摘に、アンリが眉間の皺を深くした。

「……隠していたわけじゃないんだけど、白状するタイミングがつかめなくて」

もごもごと言い訳するけど、アンリの視線が怖くて目を逸らす。

アンリの深いため息が耳に届いた。

『我の言葉がいつでもわかる！　リーナはもっと便利になったのである！』

みーちゃん、それ、フォローになってないからね？

「ほーん、他には？　何かあるかな？」

レストウィックが興味深そうに聞いてくる。

ちらっと見ると、アンリは半眼で頬杖をつきつつ私を見ていた。

私は観念して白状する。

「そのー。魔物の影響がもっと強くなれば、シャルルのあとも追いやすいかなって、実は少し、思いました……」

「危険すぎるだろう」

「万が一、私が暴走しても、レストウィックやアンリがいるからなんとかなるかなって……」

小声で言った私にフェリシアは呆れ顔だ。

「多少魔物の影響を受けても、暴走しない自信があるわけか」

「た、多分……」

「自信過剰が考えなしに暴走するのはやめてほしいなあ。そして僕に尻拭いをさせようと相談なしに決めるのもやめてね？」

うう……返す言葉がない。

小さくなる私にレストウィックは苦笑した。

「昨日のことは、僕もまだクロードに報告していないけど、いつまでも黙ってはいられないからね？　一応僕、王家の犬だし」

そう言ってレストウィックは苦い顔のアンリを見る。

「伯爵はこの暴走娘の手綱をちゃんと握っておきなよ。この子、放っておくと自分の一存だけであっさり無茶しそうだからね」

アンリは重々しく頷いた。

「今まで以上に気をつける」

「それまでに、君がクロードやその側近から警戒されない程度には、魔物の行方についてつかんでおく必要があると思うよ」

私は、その言葉に頷いた。

魔物がどこに行こうとしているのか——手がかりはほとんどないんだけど、先回りしないといけない。

「反省して……暴走する前に皆様にご相談しますので、ご協力をお願いします」

私が頭を下げると、アンナマリーは「いいわよ」と請け負ってくれた。

アンリはまだ渋い顔をしている。

「ま、動くのは明日からだね。君は魔導士団の一員じゃないけど、とりあえず僕のお客人ってことで、これあげる」

レストウィックが銀細工(ぎんざいく)のブレスレットを私にくれた。

「魔導士団の団長の、つまり僕の紋章が彫られている」

これがあればレストウィックの私的な使い、すなわち代理扱いになるから、大体の王宮関連の組織や国教会にも出入りできるらしい。

「ご親切にありがとうございます、レストウィック」

「お礼はいいよ。僕は僕の立場と、それから私利私欲のために、君に恩を売っておきたいだけだから。気にしないで」

私利私欲というのがなんなのかはわからないけれど、彼の協力はありがたい。

「魔物の手がかり……と言っても、何もないんですが」

「あら？　まずは情報収集が基本よね？」

そう言うアンナマリーはなんだか楽しそうだ。

「一緒に情報収集をしましょう！　明日から忙しくなるけど、よろしくね、リーナ！」

「一緒に？」

私は小首を傾げた。

「今は花祭りの季節でしょう？」

「ええ」

「花祭りの国王陛下役は、王族の男性がすると決まっているの」

それなら知っている。今回はクロード殿下が国王陛下の役をすると聞いた。

「その奥方の……女神の役は、女神のように美しい私が務めますの」

レストウィックが「自分で言うんだ？」と私の心中を代弁してくれたけれど、アンナマリーは意に介さずに続けた。

「女神役には参加すべき行事が色々あるし、大勢の人に会うから、情報収集にはうってつけよ。ただ、この前の茶会みたいに暴漢が紛れ込まないとも限らないでしょう？　警護の方がそばにいてくれたらとても心強いわ。そう思わない？」

美貌(びぼう)の侯爵令嬢は悪戯(いたずら)っぽく微笑む。

「腕のいい治癒師さんが適任だと思うの、聖女リーナ」

『私の身辺警護をリーナ・グラン嬢がしてくださるのよ。ご厚意で』

アンナマリー嬢が無邪気に（本人談）そう宣言したとき、侯爵家はもちろんのこと、社交界でもちょっとしたざわつきがあったみたいだ。

治癒能力で有名になったとはいえ、私は平民だし、彼女のそばにいるには身分が違いすぎる。

何より上流社会のご令嬢からは『社交界の花であるアンナマリー様のお相手のアンリ・ド・ベルダン伯爵を誘惑しようとする身の程知らず』と思われているらしいので、厚かましくも彼女のそばに侍(はべ)る私に、激しい反発もあるみたいだった。

アンナマリーの父君は、苦虫を千匹は噛んでいます！　といった表情で『ならばリーナ・グラン嬢を侯爵家で雇おう』と慈悲深くも言ってくださったのだけど、レストウィックのくれた腕輪を見て提案を翻し、さらに苦虫を追加していた。

どうやら魔導士団の団長の客人を、侯爵家が雇う……というのは失礼にあたるみたいだ。

それに、レストウィックの方が彼よりも年上で『昔から仲良く』していたというので、侯爵閣下はエルフの魔導士に苦手意識があるみたい。

「貴女への誹謗中傷は、半分は好奇心からくるものよ」

だから気にするだけ無駄、と衆目を集めるのに慣れているアンナマリーは言った。

私はとりあえず彼女のそばにつき、色々な行事に同行することにした。

確かに色々な噂を耳にする。

ただ、勘弁してほしいと思うのは……

「リーナ様は上流社会にいる女性としては、動きが俊敏で、大きすぎます」

侍女さんに指摘され、私は言葉に詰まった。

アンナマリーの護衛ということで、侯爵家の別宅に部屋を用意してもらったんだけど……アンナマリー付きの侍女さんから何故か礼儀作法まで教わっている。

「私はただの護衛なので、必要ないのでは……」

「はっきり申し上げますと、全てが雑で悪目立ちいたします。お嬢様の警護をされるのであれば、場に馴染んでいただかないと意味がないのでは？」

冷静な指摘に、グサッときたね！

アンナマリーは優雅に扇子を広げて、おほほと笑った。

「今のリーナさんと私は薔薇とたんぽぽ。アンリ様を取り合う二人としては、全く説得力がないのです！」

「別に取り合っていませんけど……幼馴染だし……」

アンナマリーはぴしゃりと私に扇子を向ける。

「往生際が悪くってよ！　それに貴族社会はね、異分子が嫌いなの。貴女が馴染んでくれなければ、聞ける話も聞けないわよね？」

仰る通りすぎて、ぐうの音も出ません。

「私の所作を真似すればいいだけよ」

確かにアンナマリーの所作はゆったりとして、とても優雅だ。

心します、と私は告げて、マナーの勉強に励むことにした。

あれから十日が過ぎようとしている。私が目立たないよう、悪目立ちしないよう、微笑みだけを浮かべていたのが功を奏したのか、アンナマリーに好意的な貴族のご令嬢方が、ぽつぽつと私にも挨拶をしてくれるようになってきた。

花祭りは二十年に一度の一大行事だから、女神役だけでなく女神の三使徒も高位貴族のご令嬢から選出されるという。

初めはよそよそしかった三人の少女達だけれど、十日も経つと私にも話しかけてくれるようになってきた。

女神役のアンナマリーと三使徒役の令嬢三人は、様々な公共の施設を巡って寄付を集めたり、祭事を行ったりする。

今日も国教会の施設に慰問に訪れていたら、三使徒の一人が小さく悲鳴をあげた。

「痛っ」

「ステラ様？　どうかなさいましたか？」

黒髪の伯爵令嬢ステラが眉根を寄せて震えている。

どうも国教会側が用意した花冠に棘が残っていたみたい。

私は花冠の他の箇所に棘がないのを確認すると、彼女の棘が刺さった指を見た。

「私が棘を取っても構いませんか？」

「ええ、お願い。リーナ様」

「少しちくりとしますよ、癒せ（ヒール）」

見る間に塞（ふさ）がる傷を見て、ステラも他の二人も「まあ」と小さく拍手をした。

「一瞬で傷が塞（ふさ）がったわ！」

「それに何の痕も残らないなんて……」

「噂（うわさ）にはお聞きしていたけれど、リーナ様は本当に素晴らしい治癒師なのね」

私の本職は治癒師だから、治癒術のことを褒められると嬉しい。

「お役に立てて光栄ですわ」

控えめに、ゆっくりと、貴族令嬢を真似して微笑んでみる。

アンナマリーが笑いを我慢したのがわかったぞ？　失礼だな！

そんなこともあって、三人のご令嬢は私への警戒を少しずつ解いてくれたみたい。ステラはその日のお勤めの終わりに、おずおずとお願いをしてきた。

「実はひと月前から祖母が怪我で寝込んでおりますの。高齢なので回復が遅く……」

私に治療を依頼したいというわけだ。

「私がお役に立てるなら」

喜んで、と返事をして彼女の家に同行した。

「平民の治癒師なんて！　招いた覚えはありませんよ！」

老婦人は私をあからさまに警戒し、ステラは可哀想なくらい恐縮している。

「奥様、確かに平民の治癒師ではございますが――心優しいお嬢様が依頼してくださったのです。どうか、私に足のお怪我を診させてはいただけませんか。私の身分はともかく、治癒術の腕については、魔導士団の団長からお墨付きをいただいております」

――別に能力を認めてもらったわけじゃないんだけど、彼にもらった腕輪の効果があったみたいで、老婦人は少し考え込んでから小さくぼやく。

「国教会の治癒師にだって、もう動くことはないと言われたのですよ？　好きな庭の散策も、もう二度とできないと……大体、私は平民うんぬんより、国教会の治癒師が嫌いなのです！　大した治療もできないくせに、すぐ寄付のことばかり口にして！」

ステラは困っていたけれど、私は否定せずに「そうですね」と同意した。

悪意があるというより、老婦人は少し愚痴りたいだけなのだ。

施設にいた頃、老いた職員さんの愚痴を何時間も寒い廊下で聞かされていた。そのことに比べたら、こんなのはなんでもない。

それに、治癒師の力と言っても種類があって、治癒師の八割は患者の治癒力を増幅させることで治療をするから、老人の怪我を治癒させるのは難しいのも確かだ。

「寄付も不要ですし、診せていただくだけですから。それがお嫌なら、今ご不満に思っていることをお話しくださるだけでも結構ですよ」

「まあ？　どこの家の方かもわからない貴女に？」

「お祖母様！」

ステラは悲鳴をあげたけれど、私は人の悪い笑みを浮かべた。

「ええ。どこの家の者かもわからない私ですから、奥様がこんなことを言っていた、と告げ口しても誰も信じはしないでしょう？」

老婦人は沈黙し、手元のベルを鳴らした。

「……お茶と、茶菓子の用意を。そこまで言うなら、話してあげましょう」

というわけで。

老婦人は私に様々なことを愚痴（ぐち）った挙句（あげく）、最後に「足が痛いの」と小さく打ち明けた。

「庭に、早くに亡くなった娘が大切にしていた薔薇園（ばらえん）があるのです。私には薔薇園（ばらえん）を守る役目があるのに、この足では……」

「お祖母様……」

「ステラの父親……私の息子は、そんなものは庭師に任せろと言うけれど、私は娘の心があの薔薇園（ばらえん）にある気がして……」

さみしそうに言う老婦人にステラが寄り添う。

そうか、奥様は足が動かなくなったことより、娘さんを一人きりにしてしまったことが切なかったんだね。

転んだのはひと月前だという。

大丈夫かな、と思いつつ私は呪文を唱えた。長めに、直接手をあてて唱える。

どうでしょう？　と私が聞くと、老婦人はぽかんと口を開けた。

「お祖母様？」

恐る恐る聞いたステラの前で、老婦人は驚きの表情で立ち上がった。

そして叫ぶ。

「痛みが消えたわ！　嘘みたいよ！」

途端に室内を歩き回る老婦人に、ステラが「まあっ！　まあっ！」と喜びながら拍手している。

「よかったです！」

三人で喜んでいると、何事かとばかりにステラのお父上が現れた。彼は歩き回る老母に目を丸くしたあと、「実は自分も膝が……」と訴えた。

「お父様の場合は太りすぎですわ！」

「そうよ、少しお痩せなさい！」

　母と娘になじられてシュンとする伯爵。その姿が可哀想なので治療してあげると、ものすごく喜んでもらえた。

「治療の効果は永続的なものじゃありません。乱暴に使えばまた悪化しますよ」

「ああ、それはそうですね。しかし痛みがないのは……ここ数年で初めてですよ。なるほど、これが聖女の能力なのですね……レストウィック団長が、後見を買って出るわけだ」

「い、いやあ、そういうわけじゃないんですけど……」

　小声で訂正してみたけど、感動しきりの三人はまるで聞いていない。

　喜んでくれているから、まあいいか。

「随分とにぎやかですね」

　喜ぶ伯爵一家の前に現れたのは、なんとアンリだった。

「ベルダン伯爵！」

　ステラが悲鳴をあげ、その顔が少し赤くなる。アンリ、もてるな……

　アンリは余所行きの微笑みを浮かべている。隣にいるのは伯爵夫人かな。ステラにとてもよく似ている。

「夫人から皆様はここだと伺ったので、お邪魔いたしました。アンナマリーから言われて聖女を迎えに来たのですが、連れて帰っても？」

それを聞いた伯爵は残念そうに眉を下げた。

「おお、聖女はもうお帰りですか……残念だな、お礼をしたかったのに！」

「いえ、私は治癒師です。当たり前のことをしただけですから」

「なんと奥ゆかしい方だろうか！　せめて夕食の席に招待させていただきたい！　もちろん伯爵も一緒に！」

んんん？　なんか敬語になっているぞ。

アンリは苦笑しつつも「私も用事があるので」と丁重に断った。

「奥様の足が回復してよかった。しかし、あまり聖女の能力のことを口外しないでいただけますか？　貴重な能力について皆が知ってはまずい……レストウィック団長も私も、それを危惧しているのです」

「もちろんですとも！」

私達は伯爵一家に笑顔で見送られた。

「別に知られてもいいのに！　私が治癒師だってことは皆、知っているわけだし」

「ほら、また暴走する」

馬車の中でアンリが私に苦言を呈した。

「リーナの治癒能力が高いのは有名な話だけど……ほとんどの貴族は眉唾ものだと思っている。だけど、今回みたいにその能力を示したら、皆が自分の傘下に入れたいって思うだろ。ただでさえ、この前の茶会の件は『死んだ令嬢をよみがえらせた』って噂に尾ひれがついている。ステラ嬢のお父上は貴族にしてはありえないくらい人柄のいい方だし、口も堅いから心配はしていないけど」

そう言ってアンリは私の額を小突いた。

「痛ッ！　暴力反対！」

「少し触れただけだろ！　――その能力を利用しようとする悪いやつも多いから、みだりに人前で見せない！」

腕を組んだアンリに、私は「はぁい」と小さく返事をした。

「なんだよ、リーナにしては妙に聞き分けがいいな」

「私が暴走しないように見張るんでしょう？　ここ最近のマイナス分を取り返しておこうかと思って」

アンリは私を見て、ちょっと笑う。

「そうしてくれよ、俺の心の平穏のために」

なんとなく微笑み合った私達を乗せ、馬車はゆっくりと進んでいく。

ステラのお祖母様が寝たきり状態から動けるようになった、というのはステラからアンナマリーにお礼と共に報告されたみたいだ。

女神の三使徒役はそれぞれ、ステラ、モニカ、シェイラという。

モニカからも『実は私の弟が怪我をして』と打ち明けられて治療をした。

弟君は飛竜騎士団（ドラゴン・ナイツ）の一員で、アンガスには来ていなかったけど、王都での訓練の最中に怪我をしてしまったみたい。

「本当に素晴らしいお力ですね！　羨（うらや）ましいですわ」

ステラが「祖母からお礼です」と綺麗な薔薇（ばら）を持ってきてくれたので、私は「ありがとうございます」と微笑む。仕事から帰ったら部屋に飾ろう。

「私の家系は全く魔力がなくて、商売で身を立てているのですけれど、私自身は商売にも疎（うと）くて。やはりご自身に能力がある方は、自立していらして憧（あこが）れますわ」

ハーティアの国でも魔力がある人は全体の一割程度だと思う。しかも本格的に使えるとなると、その半分程度だろう。

アンナマリー情報によると、ステラの『商売に疎（うと）い』というのは謙遜（けんそん）で、彼女自身も領地経営に関わっており、その手腕は有名らしい。ステラみたいにおっとりとしていて可愛らしく、しかも賢く、貴族令嬢の鑑みたいな人でも悩むんだなあ。

正直に「意外です」と告げたら、彼女はころころと笑った。

「贅沢な悩みだという自覚はありますの。何不自由なく育ててもらいましたし、どなたかに嫁いで、母のようにしっかり領地を守りたいと思っています。けれど、リーナ様やフェリシア様みたいに、ご自身の才覚のみで働いている方には憧れますわ」

「嬉しいです、ありがとう……でも私は領地経営なんて見当もつかないですし、ステラ様はご立派だと思います」

そう褒めたらステラははにかんだ。

お互いないものねだりなんだな。

私はつい先日までの『貴族の人達は皆、ちょっとお高く止まっていて苦手』という感想を反省と共に改めることにした。

よく知らないのに、苦手意識を持つのはよくない。皆それぞれ事情があるのだ。

「フェリシア様は、甥のジュリアン様とも親しくされているでしょう？　エルフの血を引く方は皆様お姿が美しくていらっしゃるけれど、あの方々は特にお綺麗で……」

「え、ひょっとしてステラ様ってジュリアンが好きなんですか」

私は驚きのあまり、つい砕けた口調で聞いてしまう。

ジュリアンって顔はよくてまじめだけど、面白みとか少ないし、甘い言葉も言わなそうだし、人間よりドラゴンの方が好きそうだし……もてそうなイメージなかったな。

ステラは頬を染めながらも、きっぱりと否定した。

「まさか！　私には婚約者もおりますし、単なる憧れですわ」

それに、と意味ありげに笑う。

「……こ、こんなことをアンリ様と親しいリーナ様に申し上げていいかわからないんですけれども、その……ジュリアン様はアンリ様を大事になさっているでしょう？」

「え、ええ、そうですね。親しくされていると……」

首を傾げる私に、ステラは恥ずかしそうに教えてくれた。

「ひょっとしてアンリ様を慕うあまり独身でいらっしゃるのかしらって、私達の中では有名な噂ですわ。お二人の間には、誰にも邪魔できない空気がありますものね。きゃっ」

――な、なんですって……

思わぬ情報収集の結果である。しかし、言われてみれば二人の関係っておかしくない？

いくら伯爵とはいえ成人したアンリのそばに、子爵のジュリアンが今もべったりって、変じゃない？

ひょ、ひょっとして……本当に？

恥じらうステラの横で、私はピシリと固まった。

「それを真に受けたの⁉」

アンナマリーは椅子の上でのけぞって爆笑した。

ついにはテーブルに突っ伏して、なおも笑っている。

「お嬢様、お行儀が悪いですよ」

侍女さんは呆れ顔だが、これはアンナマリーにも私にも呆れているな。

夕方、侯爵邸に戻ってから『本日の出来事』を報告中、それとなーく聞いてみたのだが、はっきり聞きなさい、と促されて私は白状したのだ。

ええ、どうせ隠し事ができませんよ。

「――まさか、ジュリアンとアンリ様の仲を疑うなんて！　私とアンリ様の仲を疑うならまだしも！」

「だだだ、だって、ジュリアンってすごくアンリのこと好きだし、独身だし、私に『アンリのことは諦めろ』って何回も言ってきたし」

「まあ！　そうなの？　それは怪しいわねえ」

「ひょっとして、あれも忠義からじゃなかったらどうしようかなあって、その……」

──と、笑い転げていたアンナマリーがふと後ろに視線をやった。

彼女はコホンと咳払いをして姿勢を立て直す。

「人間の女性より、飛竜のジニの方が大切みたいだし、ありえるかなーって」

「コホン、コホン。リーナ様？　そ、そろそろ本題に戻りましょう？」

「この話を始めたのはマリー様でしょう？　最後まで聞いてよ！」

「他人の恋バナをするなんて、淑女としてお行儀がよろしくないわ」

「ええっ？　さっきまで嬉々として話してなかった？」

抗議する私の前でアンナマリーの視線が不自然に泳ぐ。

侍女さんがお盆を構え直して、私達のカップを下げ始めた。

──ん？

「人数が増えましたので、お茶を注ぎ足してまいりますね。お嬢様方」

侍女さんは私の背後に向けて、にっこりと営業用の笑顔を浮かべている。

その言葉に応えたのは私でもアンナマリーでもなかった。

「ありがとう。──さて、リーナ。随分と楽しそうなお話ですね」

地を這うような低い声。私の背筋に汗が伝う……

その声にばっちり聞き覚えがある。

「私がどうしたと仰いましたか？」

私が恐る恐る振り返ると、仁王立ちのジュリアンが眼鏡を底光りさせながら、私を見下ろしていた……。

ジュリアンにひたすら謝り倒すと、彼は紅茶を一杯飲んでから、半眼で私を見た。

「根も葉もない噂を真に受けるとは……」

「……面目もございません」

私は消え入りそうな声で謝った。

「アンナマリー様も！　笑っていないで噂を否定してください！」

「だって、リーナがあまりに深刻な顔をしているのがおかしくて……」

頭が痛いですよ、とジュリアンは眉間の皺を親指でぐにぐにと押した。

「ここ最近、眉間の皺が取れない気がします」

わーん、ジュリアンが一気に老けたら私のせいだ！

「そういう噂がまことしやかに囁かれているのは存じておりますが……アンリ様も否定されませんからね」

「え、アンリ、否定しないの？」

まさか本当に……とまた危ない妄想をしそうになった私は、ジュリアンのコホン、という咳払(せきばら)いで我に返る。

「思考を暴走させないでください！」

ご、ごめんなさい。

アンナマリーは、ほほほと扇子(せんす)で口元を隠す。

「アンリ様は私との噂(うわさ)も否定されませんもの」

「ご令嬢に人気があるのを面倒がって、噂(うわさ)を盾に、逃げておられるんですよ」

「あら、ジュリアンがいつまでも独身なのも、噂(うわさ)に信憑性(しんぴょうせい)を持たせているのよ？」

「独身主義なだけです」

エルフの血が混じったジュリアンは童顔で、二十歳そこそこに見えるけど三十歳だもんね。身を固めていないのはちょっと珍しいのかも。

「ステラ様と仲良くなってよかったですね」

腹立ちが収まったらしいジュリアンは、ステラがお礼にくれた薔薇(ばら)を見て目を細めた。

「すごく綺麗でしょ？　お祖母様のご趣味ですって。そういえば、花祭りに使われている花弁ってなんの花なの？」

花祭りの花も薔薇(ばら)と同じように棘(とげ)があった。薔薇(ばら)科の花なんだろうな、ってなんとなく思ってはいたけれど。

あれは、とジュリアンが説明してくれる。

「エイルの花ですよ。元は大陸中央にある北山にしか咲かない花で、その強い棘から『魔を払う』という意味合いがありますね。ただし花祭りで使うための花は、改良されて王都で栽培されています。ですから、棘も少ないんです」

「どうしてエイルの花を使うの？」

アンナマリーが不思議そうに顎に指をあてた。

「女神様が――初代国王の王妃様がエイルの花を好きだったから、と聞いたわ」

「北山にある花を？　王妃様が？」

その頃、王都にもこの花は咲いていたんだろうか。

それとも、王妃様は公務とかで北山に行ったことがあるのかな。

私は考え込んだ。不意に、シャルルの言葉を思い出したからだ。

『ねえ、この花の謂れを知っている？　……調べてみるといいよ』

「シャルルがそんなことを？」

「うん、ジュリアン。――どんな謂れがあるんだろう」

北には行ったことがないな……。

「明日は北部に行くから、そのときに聞いてみましょうか」

アンナマリーの言葉に、私は目を丸くした。

「――花祭りまであと半月しかないのに？　王都を留守にするの？」

北山ってだいぶ遠かったように思うんだけど。

「転移魔法があるから大丈夫よ」

転移魔法は遠く離れた二つの拠点間を移動する高度な魔法だ。それに、利用できるタイミングも限られている。

ちょうど明日は王都と北部の波長が合う日で、アンナマリーと女神の使徒達は移動を許されているらしい。北部には女神を単体でお祀りする神殿があるのだとか。

「私も護衛として参加いたしますので、どうぞよろしくお願いします」

「ジュリアンが？」

「侯爵家の騎士が付き添うので危険はないと思いますが、色々と事情に詳しい私もいた方がいいだろうという、クロード殿下のご配慮です」

元々それを知らせに来てくれたらしく、明日の手順を確認すると、ジュリアンは「それでは」と言って席を立った。

私は失言のお詫びに、ジュリアンを玄関口まで送ることにした。

「フェリシアが寂しがっていましたよ。リーナも猫達もいなくなってしまうと家が広くて仕方ない、と」

私は侯爵家の面々に蝶よ花よとお世話されている、みーちゃんとミケちゃんのことを思い出した。みーちゃんとミケちゃんは『リーナを手伝ってやるのである』と宣言して侯爵邸にいるんだけど……今のところ私を癒してくれているだけな気が……

「花祭りが終わったらまたお世話になります、って伝えておいて」

迷惑じゃないといいな、と思いながら言うと、叔母のフェリシアと外見の年齢はそんなに変わらないジュリアンは表情を緩めた。

「叔母はにぎやかなのが好きなんですよ。わかりづらいですけどね」

「そう？　すごいわかりやすいけどな、フェリシア」

「リーナには気を許しているんでしょう。……寂しいなら、私と一緒に住もうと提案したこともあるんですが、それは嫌みたいですね」

ジュリアンも子爵様だから、王都にお屋敷がある。

貴族のジュリアンに、この国ではまだ鼻つまみ者であるハーフ・エルフの叔母がいたらやりづらいだろう、とフェリシアは遠慮しているみたいだった。

「気を許しているといえば、フェリシアってレストウィックとも仲がいいよね」

「仲がいいというか、私もフェリシアも子供の頃は、あの人に何かしら世話になっていますからね……腐れ縁とでもいいますか」

ジュリアンが子供の頃から、レストウィックは少年の姿のままらしい。

「魔力の高いエルフや魔族は、幼い年齢でその姿が固定されます。彼もそうかと」

階段を下りたところで足を止め、ジュリアンは少し苦く笑った。

「──私にとってレストウィックは叔母の上司ですから、友人というよりも、王宮の偉い方という印象が強かったんですが。クロード殿下と王太子妃のソフィア様とは、大変親しくされていましたよ。同年代の友人のように」

懐かしいですね、と寂しそうに笑い、「では明日」とジュリアンは侯爵邸を辞した。

アンナマリーの部屋に戻ると、彼女は窓の横に飾ってあった絵姿を手に取り、眺めているところだった。

「前回の花祭りの絵姿ね。お二人とも、とても可愛い」

「本当！　可愛くて、幸せそうだね」

二十年前の、幼いクロード殿下と王太子妃様の絵姿だ。ちょうど二十歳のアンナマリーは生まれていたかどうか、という頃だろう。

「私は当時を知らないけれど、子供の頃から、いかに大切な神事なのかを聞かされてきたわ。——ソフィア姉上から」

「え？」

驚く私の前で、アンナマリーは絵姿を置いた。

「王太子妃ソフィアは私の姉なのよ。知らなかった？」

「——知らなかったわ」

「姉が亡くなってから、皆、姉のことを口にしなくなったから仕方ないのかも。歳の離れた姉だし、私が物心つく頃にはもう嫁いでいらしたから、一緒に暮らした記憶は薄いけれど。優しい方で、よく遊んでいただいたわ」

言われてみれば、似ている……かなあ？

「似ていないでしょう？　中身も似ていないものだから、一族は皆、口を酸っぱくして私に言うの。ソフィア姉上のように、慎ましく穏やかになりなさいって！」

無理よねと肩を竦めたアンナマリーに、『だよねえ』とうっかり同意してしまいそうになって、慌てて私はフォローした。

「ソンナコトナイヨ。マリー様は美しく、しとやかで……ええっと、あと、なんて言えばよかったっけ？」

「もっと感情を込めて！　なんでリーナは演技が下手なの？　きちんと台本を書いてくるから、ちゃんと覚えて褒めてちょうだい！」

ぷんすか怒っているアンナマリーは、怒っていても、びっくりするくらい可愛い。

変わったお嬢様には違いないけど、アンナマリーはとてもいい人だよね。嘘がなくて。

彼女の近くでは息がしやすい、とアンリが言っていたのも納得できる。

アンナマリーはちょっと笑った。

「花祭りでは国王陛下の役を王族の男性が、王妃様の役を高位貴族の女性が演じるでしょう？　本当は婚約者同士がなることが多いの」

「姉上様とクロード様みたいに？」

「そう。今は若い王族の男性がいらっしゃらないから、再びクロード殿下が国王役を務められる。だから二年前、私が王妃様役に任命されたときに、殿下に聞いたの」

アンナマリーは綺麗な緑色の瞳をちょっと揺らした。

『クロード殿下、私は殿下の伴侶（はんりょ）になれますか？』

彼女の口からそのセリフを聞いた私は、びっくりして硬直した。

それはつまり……

「身の程知らずで、はしたないでしょう? 自分から愛を告げて求婚するなんて」

「そんなことはないよ……」

フォローする私に構わずアンナマリーは続けた。

「姉の話す、クロード殿下が好きだったわ。幼い頃はよく遊んでくださったし、姉が亡くなって寂しい思いをしていた私を、いつも気遣ってくれて嬉しかった。だからきっと、私は殿下にとっても特別な存在だと自惚(うぬぼ)れていたの。大人になっても一緒にいられるのだと……」

アンナマリーの『好きな人』は、クロード殿下だったのか。

「殿下は私の問いに笑って答えてくださったわ」

『アンナマリー、君を愛しているよ。大切な、私とソフィアの妹として』

それから半月も経たないうちに、アンナマリーのもとに縁談が舞い込んだ。

アンリとの縁談だ。

「顔合わせの場で二人きりになったとき、私、アンリ様に言いましたの。私は絶対にアンリ様に恋することができないから、この婚約は不幸です。破棄したいって」

「マリー……」

「殿下とアンリ様ってお声が似ているのよ。気づいていた？」

「うん」

「一番好きな人に似た声の人と結婚するなんて無理。いっそ、アンリ様が殿下と何もかも似ていなかったなら、諦めもついたかもしれないけど」

アンリ様はね、とアンナマリーは笑って言った。

「『婚約破棄はいつでもどうぞ、お気が向いたときに』って言ってくださったの。自分を隠れ蓑にしてくれてもいいからって。それに……と、これ以上はお喋りが過ぎるわね」

アンナマリーは口元に手をあてて黙った。

「それに、のあとが気になるんだけど」

「自分にも好きな人がいるから――」

嫌な予感がしたので、私は叫んだ。

「ストップ！　いいです、やっぱりいいです！　他人の会話をまた聞きするのはよくないよね！　ごめんなさい！」

耳を塞いで喚く私にアンナマリーは「そんな大声を出して！　はしたないですわ、ほほほ～」とニヤニヤ笑っている。

「耳が赤いですわよ、リーナ」

「ちょ、ちょっと暖かいものね！　この部屋」

「貴女はとぼけるのも下手ね？　続きはご本人から聞いてくださいな。――ちゃんと覚悟が決まったときに」

さあ、寝ましょう。とニヤニヤしながら言われ、私はそそくさと寝室へ戻った。

『リーナが帰ってきたにゃ』

『顔が赤いのである、熱なのである！』

私の部屋ではすでに猫ズが待機していた。アンナマリーが用意してくれた猫用ふかふかクッションにすっぽりとはまっている。

『我は今日も一日たくさん働いたのである。厨房にも庭にも子分ができたのである』

みーちゃんが本日の自宅警備のお話をしながら私の足下にすり寄ってくる。

私はみーちゃんとミケちゃんをベッドに抱き上げた。

慣れない環境でも二匹は楽しくやっていて、偉いなあ。

『リーナ、シャルルはみつかったのかにゃ』

ミケちゃんが私に甘えて顎を差し出してくる。顎の下を撫でるとゴロゴロと喉を鳴らしながら聞いてきた。

「会えたんだけどね、またいなくなっちゃった」

手がかりがつかめそうでつかめないな。

『はやくみつけるのにゃ。みつけてアンガスの街へかえるのにゃ』

『そうである、リーナ、王都はふかふかだけど、いる場所ではないのである！』

みーちゃんがきっぱりと言うので私はなんだか笑ってしまった。

「そうだね。シャルルを探して、アンガスに戻らなくっちゃね」

仕事も放り出してきたし、家だってそのままにしてきた。

一回戻らないと。

『――寂しいよ』

アンリの嘆く顔が脳裏に浮かぶ。

もしも、アンリが望んで、私に王都にいてほしいなんて言ってくれたとしても、きっとそれは難しい。アンリは伯爵様で、王様の息子で。

私は……なんだろう。

ただの、リーナ・グランでしかない。

私はため息をついてアンナマリーの悲しそうな顔も思い出す。クロード殿下と、ソフィア様の絵姿も。

クロード殿下のことが好きで、そばにいたいと願ったアンナマリー。けれどクロード殿下はそれを柔らかく拒否して、大切な、妹みたいに思っている彼女が、実の弟であるアンリと一緒になることを願っている。

多分、彼ら二人の幸せのために。

ジュリアンとフェリシアだってお互いを大事にしているのに、フェリシアは自分が甥の枷になるって感じているんだ。

私は目を閉じて、何年も前の寒い孤児院での風景を思い出した。隠れ家と呼んでいた一室で、よく三人で集まって秘密の晩餐会を開いたっけ。

アンリとシャルルと私の三人で、いつまでも一緒にいようと誓ったことも思い出した。

だけど、ばらばらになっちゃったな……。

私の短慮が原因で、シャルルが今も苦しんでいるなら、それだけは救わないといけない。

「ごめんね、シャルル」

そう呟いたのと同時に、睡魔が襲ってくる。

誰かが私に囁く気がしたけれど、構わずに目を閉じた。
大切な人と、好きな人と一緒にいれたらいいなと思うのに。
それだけのことがどうして難しいのかな。
そんなことを考えながら、私は眠りに落ち――

夢の中で、どこまでも続く花の壁を見ていた。
この花は棘があるけれど、だから綺麗なんだと思う。
エイル、エイル。
誰かが呼ぶ。私を。
風が吹いて、薄桃色の花弁が舞う。
花弁のカーテンから顔を覗かせたのは、無邪気に笑う少女だった。
「エイル！」
私を呼ぶ少女に気づいて、『僕』は目線を上げた。

幕間　誰がための、茨。

「こんなところにいたのね、エイル！」

うとうと。大きな古木の陰でまどろんでいた少年はうっすらと目を開けた。

視界いっぱいに、陽光をはじく金色の髪が飛び込んできて眩しい。

「……何しに来たんだ」

眠さのせいでとっさに不機嫌を隠すことができない。

半身を起こして首を振る。

エイルを覗き込んでいた少女は軽く笑うと当たり前のように隣に並び、それから白い指でエイルの髪に絡んだ葉を払った。

「朝から姿が見えないから探していたのよ」

「ほっといてくれよ。のんびりしたいんだ」

エイルが素っ気なく言うと、彼女は口元を緩めた。

「わかった、ほうっておく」

それからしばらく何も言わずに隣にいる。沈黙が嫌で、エイルはため息を深くして彼女にもう一度言った。

「ほっといてくれよ。『一人で』のんびり、したいんだ」

「駄目よエイル」

彼女は真剣な目で、しかも間髪を容れずにエイルの言葉を否定した。

「エイル、貴方は最近、ずっと一人だわ。これ以上はよくないって……自分でも思うでしょう？　だから、一緒にいましょう？　ね？」

振り払おうとした手は柔らかくて……エイルは困惑した。

彼女はエイルの数少ない友人だった。

いや、たった二人しかいない友人のうちの一人だ。

――エイルはアンガスの出身だった。

大陸の南方の寂れた街に暮らす、不思議な力を持つ魔族の一人。

長い寿命と強大な魔力を持つ一族でも特に力の強いエイルは、この世界に倦んでいた。

気が遠くなるほど生きてきたが不自由はなく、しかし何もかもが味気なく、退屈で。

そして寂しい。

そんなある日、エイルは一人の少年と出会った。

少年は薄汚れて、痩せて、身寄りもなく、今にも死にそうで……一人で退屈していたエイルは、目だけは不思議とギラギラしている少年に気まぐれに声をかけた。

彼はその当時、国を支配していた一族を打倒するために力を欲していた。エイルは気まぐれに彼に自分の血を分け与えて、魔力を貸した。

束の間の退屈しのぎになればいいと思ったのだ。

正義感の強い少年が怒りに任せて仇を滅ぼしていく様は面白かったし、彼が見せる新しい世界は物珍しかった。

少年はエイルの力を得てアンガスを掌握し、その勢力を拡大させた。やがて二十年も経つ頃には——彼は、国王と呼ばれるまでになっていた。

今エイルの隣に座る彼女は、十年ほど前に国王がその旅の途中で見つけ、同行していたエイルが拾った娘だった。

金色の髪に金色の瞳をした、とりたてて綺麗でもない、ただ明るいだけの……だが不思議と心を和ませる少女だった。

今年でもう十八になるだろうか。退屈を紛らわせるために育てたと言ってもいい。あの頃エイルの半分しかなかった身長は、今では肩を並べるほどか、彼女の方が高いだろう。

「陛下と仲直りしないの？」

声をひそめた娘をエイルは鼻で笑う。

「……仲直り？　別に仲違いもしていない」

「でも、二人が話をするのを何日も見ていないよ」

「気のせいじゃないのか」

国王は、その座についてからエイルを疎むようになっていた。

至高の座についた国王に気安く軽口を叩き、ときには命令し、彼の部下と諍い、自由気ままに行動する、いつまでも少年姿の得体の知れない魔族……

『あのような魔物をそばに置くなど、陛下はどうかしている！』

彼の忠臣達は口を極めてエイルを罵ったし、裏でエイルを『魔物』呼ばわりして蔑んでいるのも知っていた。

『卑しい生まれの魔物が、我が物顔でこの国を闊歩するとは嘆かわしい……！』

あいつに力を貸したのは、僕だ。

あいつの魔力がすごいだって？

僕が血を分けてやったおかげじゃないか、僕が……

国王は何も言わなかったが、彼に疎まれているのは知っていた。以前はエイルに親しく話しかけてきていた国王の仲間達からも距離をとられているのがわかる。

ばかばかしいな、と思う。

退屈が嫌で力を貸した。そしてこの決して短くはない時間、自分は確かに退屈をしなかったではないか。

それ以上を望んだつもりなど、少しもなかったのに。

もはや、国王のそばは少しも居心地のいい場所ではない。

自分はさっさとアンガスの街に戻って、別の愉(たの)しみを探すべきだ。

「わかった、今度すれ違ったら陛下のご機嫌伺(うかが)いでもしておくさ」

「エイル！」

足を速めたエイルに娘は追いすがる。

少し歩みを進めた先、湖のほとりでエイルは振り返った。

「陛下に、妃にと望まれたって？」

娘は虚(きょ)をつかれた顔をした。

エイルが知っているとは思わなかったのだろう。しかし残念なことに、どこにでもおせっかいな人種はいるのだ。

『おまえが身の程知らずにも邪(よこしま)な思いを抱いているあの方は、国王陛下の思い人だ。

さっさと諦（あきら）めて姿を消せ』

笑いながら絡んできた酔っぱらいは、今頃どこかの川で石を抱いているはずだ。水底でせいぜい己の口の軽さを後悔していればいい。

「おめでとう、エイル。大した出世じゃないか？」

「違うわ、エイル。私は……」

伸ばされた手をかわし、エイルは視線を落とした。視線の先、水面に映る自分と彼女を認めて自嘲（じちょう）する。

事情を知らない人間には、仲の良い姉と弟にでも見えるだろう、きっと。

「何が違う？　道端に捨てられていた孤児が、国王の妻になるんだ。喜ぶべきだろう？僕も嬉しいよ。おまえを育てた甲斐（かい）があった。結婚式には呼んでくれよ」

「エイル。私、エイルが嫌なら、陛下の妻になんてならないわ。エイルのそばに……」

娘が涙声で言うのをエイルは鼻で笑う。

「僕のそばに？　おまえみたいな大して美しくもなく、なんの力もない、単なる人間の小娘に、どうして僕がそれを望む？　どこへなりとも行け。そして二度と顔を見せるな」

手を払うと彼女は泣きそうな顔をして、そして、立ちすくんだ。

足早に歩きながら、背後に足音が聞こえないことに落胆し、落胆する己を笑う。

そばにいて、どうなる？　時間の流れが違うし、種族も違う。

善悪の基準だって違う。

一緒にいても、娘はきっといつかエイルを疎むようになるだろう。

かつてエイルが愛し、慈しんだ少年が、長じて国王になった途端に氷のように冷たい目でエイルを見て……遠ざけたように。

『力を貸してほしいの？』

あの日、少年に声をかけたことを、エイルはひどく後悔していた。

『いいよ、力を貸してあげる。その代わり僕を退屈させないで』

それから。


——一人に、しないで。

叶わないのならば望まなければよかった。最初から。

ハーティア建国から数年後。

若き国王が金色の髪をした乙女を妻に望んだことはあまりにも有名だが、時を同じくして王都から一人の少年が姿を消したことは、今では誰も知ることがない……

第四章　記憶の欠片

「北部に来るのは久しぶりだわ！」

北部に着くと、アンナマリーは明るい声をあげた。

私はといえば……

「大丈夫ですか？　リーナ」

床にうずくまった私をジュリアンが心配してくれた……

「ええと、はい……大丈夫です……」

実際のところは、とっても吐きそう。

転移魔法で北部に飛ばされた私達は国教会の人に案内されて、北部を統括する支部の広間に通されていた。

転移魔法、以前使ったときはなんともなかったのに、今回は高速でぐるぐる回される感覚がして、ついた途端に私だけ気分が悪くなってしまった。

「私達が儀式に出ている間、休んでいてね、リーナ」

アンナマリーとジュリアン達は国教会の職員さん達に連れられて儀式に出てしまい、私は広間でしばし休憩中である。

「……わざわざ北部まで何しに来たの、君……」

呆れた声に顔を上げると、レストウィックがほい、とコップを差し出してくれた。

冷たい水はほのかに柑橘（かんきつ）系の香りがして美味（おい）しい。

「転移魔法が酔うのが悪いと思うんですけど！」

「船じゃあるまいし、酔う人間を初めて見たね。自分で治療したらいいじゃない」

船酔いに効く治癒術なんて、聞いたことがないよ。

「怪我とか熱とかは治療できるんですけどね……あ、復元魔法で自分の状態をちょっと元に戻せばいいのかな？　うーん。復元（リストレーション）せよ」

試しに復元魔法を使ってみると、船酔い状態は見事に解除された。

「……こんな使い方もあったとは！」

「ナニソレ。なんで回復しちゃってんの」

「すごくないですか？　今、ものすごく感動しているんですけど、私！」

「すごいすごい、さっすがリーナ様ー。君の能力もいい加減でたらめだよね」

感心するか、けなすか、どっちかにしてほしい。

レストウィックは私の隣――ソファに身を沈めながら、ちなみに、と聞いた。

「殴られるのを覚悟で聞くけど、悪阻(つわり)とかじゃないよね」

ぶほっと水を噴き出した私に、レストウィックは眉をしかめる。

「……汚い」

「なんてこと聞くんですか！　信じられない！　無神経！　最低！」

「幼気(いたいけ)な美少年の素朴な疑問じゃん。許してよ」

ドン引きしている私に、レストウィックもさすがに「ごめんなさい」と謝った。

「いや、君達、本当に付き合ってないの？」

「君達って誰と誰ですか」

「アンリとリーナ」

答える義務はないけど、妙に真剣な目で問われたので、私は断言する。

「幼馴染(おさななじみ)です！　それ以上でもそれ以下でもないです！」

「……そうなんだあ……ったく、あの甲斐性(かいしょう)なしのヘタレ野郎。再会してこの数か月、何やっていたんだよ。僕はがっかりだよ」

レストウィックは残念そうに肩を落とし、小声で毒づいた。

「再会して数か月、シャルルのことでものすごく大変なのに、恋愛にうつつを抜かしていたら……それはそれでがっかりしませんか」

私はレストウィックが注ぎ直してくれたレモン水を受け取りながら言った。

「困難の最中に育つ愛もあるじゃん？　ほんっと、君もすごーくまじめだよね！」

つまんない、と言われてむかっとくる。

「どうせまじめでお小言が多くて面白みがないですよ！」

冒険者時代もよく言われたなあ。

それより……と、私はレストウィックの横顔を見た。

「――王太子殿下の腹心である貴方が、仮にも上司の意図に背いていいんですか？」

「うん？」

「王太子殿下は私を魔導士団に配属したい、ってお考えなんですよね？」

「そうみたいだねえ。リーナみたいに多才で魔力の強い人間は、確かに大歓迎だよ。面倒くさい親族がいないのも、すごーく魅力的」

魔導士は身寄りがない人が多いとは聞いたな。

「それだけではなく。王太子殿下は、間違ってもアンリと私が接近しないようにするために、私を魔導士団に配属したいとお考えみたいですけど」

私は今、少し微妙な立場にある。

勇者シャルルの幼馴染で、能力の高い治癒師。けれど、正式に国に属しているわけではない。

それが魔導士団に組み込まれたら、途端に私は『王族の臣下』になる。

臣下になれば、今のようにアンリに友人として接するのは不敬だろう。

「みたいだね」

「だけど、貴方はあまり私を魔導士団に入団させたくないように見えます」

レストウィックはそうだねえと呟いて、空中を指で四角に区切った。

「君みたいに優秀でまじめな部下が来たら、天才たる僕の価値が下がって今みたいに自由にやれなくなるんじゃないかなって、その危惧が一つ」

四角に区切られた場所がモニターみたいに、ここではないどこかを映す。

そこには儀式を厳かに執り行うアンナマリーと貴族令嬢達の姿があった。

魔鉱石でできた石版を使ってなら、私も遠くの場所を見ることはできる。でもレストウィックは魔鉱石の補助なしで、しかも呪文の詠唱なしにやってのけるのだから呆れるしかない。

「それに、アンリが独りのままだとアンナマリーが本当に嫁がされそうだし。それは可哀想かなって、僕の友人としてのおせっかいな危惧が二つめ」

　アンナマリーとレストウィックは『仲良し』なのだとアンナマリーが言っていた。

「……クロードの馬鹿を幸せにできるのはアンナマリーくらいしかいないだろうにさ。クロードが全力で背を向けているのが見てられなくて」

　レストウィックはつまり、と笑った。

「僕は、クロードとアンナマリーをくっつけてやろうと画策している、おせっかい野郎なんだけど」

「ええ」

「そのためにはアンリの坊やが邪魔でね。突如として現れた君という素晴らしい駒を使って、アンリを片付けておきたいんだ。君とは利害が一致すると思ったんだけどな」

　ストレートな物言いに私は呆れた。

「駒みたいに、人の気持ちはすぐに動きませんよ」

　少年の姿をしたエルフは、行儀悪く立てた片膝の上に顎を置いて笑った。

「そうみたいだね。好きってだけでうまくいくなら世界はもっと平和だよねえ。君がアンリとすでに恋仲なら全力で応援したいと思ったんだけど。人の気持ちって難しすぎて、僕にはよくわかんないや」

　正直に言われすぎて怒る気にもならない。

私はレストウィックが映し出してくれるアンナマリーを眺めた。

エイルの花を掲げたアンナマリーが「祝福を」と宣言すると、国教会の神官達は一斉に頭を下げる。女神様みたいに綺麗なアンナマリーが神聖な儀式を行うのは、なんだか神話の一風景みたいに見えた。

「クロードはまだ若いのに、ソフィアに囚われて、この先ずっと孤独だなんて、ばかみたいだろ？　それに王太子なんだからさあ、我儘言わずにさっさと後妻を見つけろよ、って僕だけじゃなくて、臣下は皆思っているよ」

「……お亡くなりになったソフィア様を、今も思っていらっしゃるって」

若くして病で儚くなられた奥方を、忘れがたいんじゃないかな。

「ソフィアも悔しかったと思うよ。王太子妃としての厳しい教育も受けて、好きな人と結ばれたのに……だから亡くなる前に言っていた。もう、意識が朦朧としていたんだろうけど、『リィお願い』って。『私が死んだら、クロード様に伝えて』って」

魔導士は優しい顔で続ける。

「『どうか、私の他に誰も愛さないで、ずっと私だけを愛していて』……ってさ」

私は何も言えずに沈黙していた。

「僕は応えたよ。『ソフィア誓うよ、クロードには誰も近づかせない。君だけが王太子妃だよ、僕が見張るから安心して』って……。誓いはもちろん、嘘だけどね」

王太子夫妻とレストウィックはとても仲が良かったと聞く。ソフィア様を思い出しているのか、魔導士は優しく笑った。

「ソフィアに嘘をついて、根の国で罰を受けるのは僕だけでいいよ」

「……それを恨むような方じゃなかったんでしょう？」

「まーね。ソフィアは我儘一つ言えない、いい子だったから。クロードに言いたかった弱音も、僕にしか言えなかったんだ。正しい言葉じゃなくても誰かに吐露したくて、仕方なかっただけ――それを誰から聞いたか本気にしやがってあの馬鹿」

「そうなんですね……」

「人は死んだらそれまで。そのあとは何も感じることができない。喜びも悲しみも、感情が上書きされることはない。だから、生きているやつは死んだ人間のためだなんてバカな言い訳してないで……自分と周囲の幸福のために生きなきゃいけないのさ」

少年に見えるけれど、この人は百年近く生きているんだっけ。

私はジュリアンとフェリシアが『頭が上がらない』と言っていた理由がなんとなくわかる気がした。

ま、そういうわけでと魔導士はシニカルに笑う。

「王太子を説得したくなったら協力するから言って。僕らの利害は多分一致するしさ。しつこいアンリの馬鹿から逃げたいときも、面白そうだから協力したげる」

「そんな機会があれば。──魔導士団に就職したくなったら？」

「えー、それは嫌だなあ」

それは嫌なんだ、と私は笑った。

そして実は、とコップをテーブルに置く。

「妙な夢を見て寝不足で……それで体調不良だったんだと、思います」

私は昨夜の奇妙な夢を打ち明けた。

それはまた面白い夢だね、とレストウィックは神妙な顔をして聞いてくれる。

彼の背後にある小さな画面で、女神が国民を祝福する儀式は、まだ続いていた。

「リーナ？　もう体調は大丈夫なのですか」

昼過ぎ、今日の儀式は終わったらしい。ジュリアンが心配してくれたので、私は大丈夫と返した。

女神の使徒役の三人はそれぞれの部屋で休んでいて、アンナマリーはまとめていた髪をほどいて寛いでいた。

「体調が戻ってよかったわ」

ストロベリーブロンドの髪の毛は香油をつけたからか、いつもより艶やかだ。

「女神様のドレス、とても綺麗ね」

純白のドレスをよく見れば、銀の細い糸で刺繍が施されている。

アンナマリーは勝ち誇ったように扇子を口元にあてた。

「私の美しさと繊細さに負けない意匠だと思うわ」

私はきょろきょろと周囲を見回す。

「何を探しているの？　リーナ」

「侍女さんがいないなと思って……ツッコミ要員が足りない」

「失礼ね！　素直に称賛しなさいよ！　あの子は今日は非番なのよ！　北部まで連れてきたら、可哀想でしょう！」

何気に労働条件いいよね、侯爵家……

「えーっ、美しいとか繊細とか自分で言っちゃうの？　それって肯定しないとだめなの？」

「けち！　褒め言葉は何度口にしたって減らないでしょう、心を込めて盛大に褒めなさいよ！」

やだーと拒否した私の後ろから、ぴょん、とレストウィックが顔を出した。

「僕が褒めたげるから機嫌直して。いつだって君は世界一可愛いよ、マリー」

「そうでしょうとも」

マリーが満足げに頷いて、私は女神様のためにお茶を淹れることにした。国教会所属の侍女さん達と一緒にお茶を淹れて、実はお疲れらしいアンナマリーに差し出す。

お茶を一口飲むと、彼女はほっと息をついた。

「明日は休みだろ？　せっかくだから皆で北部の史跡巡りでもしようか？　お弁当を持ち寄ってさー、ピクニック」

「……団長？　北部には、遊びに来たわけではないんでしょう？」

ジュリアンが訝しげな顔をする。

私はお茶を皆に渡してから、昨夜の夢の話を彼らにもしてみた。

夢では一人の少年になっていて、その少年が『エイル』と呼ばれていたことを。

妄想に過ぎないと一笑に付されるかと思ったけれど、意外にもジュリアンとアンナマリーは神妙に聞いてくれた。

「魔物の影響を受けたリーナが見る夢なら、何か意味があるのかも」

「シャルルとカナエについての手がかりも他にないですしね」

「ってことで、五人分のお出かけの準備をしないとねー」

レストウィックが鼻歌交じりに言った。

うん？　五人？

「せっかくだから君も交じるでしょ？」

扉に向かってレストウィックが声をかけると、「やあ」とアンリが顔を出した。

「アンリ！」

「……アンリ様が何故ここに……王都におられるはずでは？」

ジュリアンが怪訝そうに言うと、アンナマリーは扇子で自分を扇ぎ、はにかむように俯く。

「せっかく女神様を祀る北部に来たんだもの。お慕いするアンリ様とご一緒したいなって」

恋する乙女の表情でうっとりと呟く。

「……そういうお願いを侯爵閣下になさったと？」

「そうよジュリアン。だんだんと察しがよくなって結構だわ」

じゃあ行きましょう、とアンナマリーはうきうきしながら着替えに行ってしまう。

アンリとアンナマリーとの婚姻を望んでいるだろうジュリアンは、深いため息と共に項垂れた……

最近、眉間の皺がとれてないよね。

「ジュリアン。胃薬とか必要？」

「……常備していますので、大丈夫です……お気遣いありがとうございます……」

私が尋ねると、ジュリアンは眉間の皺を一層深くして唸った。

常備！　苦労が窺えるなあ……

「リーナに心配されて、どうするんでしょうね」

その独り言に「本当に」と思わず笑ってしまう。

「私はのちほど参りますので、三人はお先にどうぞ」

ジュリアンがアンナマリーの着替えを待って一緒に来ると言うので、私はアンリとレストウィックと共に女神の神殿へと行くことにした。

「これが女神様か。アンリのご先祖様だね」

神殿で私は女神の像を見上げた。

祭壇の一番高いところに飾られた髪の長い女性像は、アンナマリーがそうしていたように花冠を被っている。

「エイルの花……」

「魔物の夢を見たって？」

　アンリの問いに、うん、と私は頷いた。

「私がレストウィックに話しているときからいたの？」

「まあ」

「隠れてないで出てくれればよかったのに！　盗み聞きだなんて、呆れた」

　私の隣でレストウィックも「本当にねえ」と肩を竦めている。

「タイミングを逃したんだよ。しかし魔物が初代国王の協力者だった、というのは……本当だったのかもな」

「『僕を裏切った友達』」

　そう、魔物は言っていた。

「魔物の言葉を信じるなら、アンリのご先祖の悪い面を知ることになるかも。アンリは知らない方がよくはない？」

「建国時には後ろ暗いこともあっただろう。何を聞いても驚かないね」

　アンリはきっぱりと言った。

「その『魔物』は、少年姿だったたって？　僕みたいに」

レストウィックが祭壇の前に行儀悪く座り込む。

「曖昧で全部は覚えていないんだけど、『これ以上、姿は変わらない』って。エイルは自分のことをそう認識していた気がする」

「魔族もエルフも、魔力が強い個体の成長は止まるのが早いからねー」

「あんたみたいに？　団長殿」

「そうだね。僕みたいに、だね。初代国王は人間離れして魔力が強かったって伝説がある。その理由が、力を持つ魔族の加護だった、ってのはありえる話かな……目的を果たしたあとに、魔物はどうなったかに興味があるけど」

アンリと私は渋面を作った。

今までの流れから、あまり楽しい想像にはなりそうもない。

「ここを建てる前に使われていた古い神殿があるんですって。見に行きましょう？」

簡素な服に着替えたアンナマリーも到着したので、私達はドラゴンに乗って移動することにした。

ルトに私とアンリが、ジニにはジュリアンとアンナマリーが騎乗する。

『みんなでおさんぽにいくの？　リーナ！』

「ええ、ルト……ルトは北部に来たことがあるの？」

『うん、あるよ。あのね、アンリのおうちはここらへんなんだぁ』

「へえ！　そうなんだ……ベルダン伯爵のご領地はお近くなんですか？」

私がわざとらしい口調で聞くと、アンリは「まーな」と頷いた。

「以前も言ったかもしれないけれど、風光明媚なところだよ。ついでに行くか？」

「行かないってば」

にぎやかに話しながら三十分も飛ばないうちに神殿へ到着し、柔和な女性が出迎えてくれた。

先に着いたレストウィックが「遅かったねー」と笑っている。

転移魔法って便利だよねえ。私も覚えることができるだろうか？

「女神様をお出迎えするのは大変な名誉ですわ」

北部の中心地から少し離れた小高い丘。そこにそびえる神殿の壁は象牙色の綺麗な石でできていた。

数十年前まではこの神殿が主に使用されていて、花祭りの祭事もここで行われていたらしい。

広い神殿に勤めるのは出迎えてくれた神官を含めて十名ほど。

思いのほか綺麗で、まだ全然使えそうなこの神殿を利用しないのは、もったいないように感じてしまう。

「急な訪問で申し訳なく思っていますの。けれど――」

アンナマリーが礼を言って微笑むと、神官達は一斉に見惚れた。

伏目がちで憂いある表情を浮かべた彼女は、口元にそっと手を寄せる。

「女神の心情をより理解するために、こちらの神殿にも訪問したいと思ったのですわ……少しの間、お邪魔させてくださいね」

「もちろんですとも！」

年配の神官さんの目じりが下がりまくっている。彼女が微笑むだけで好感度が上がっていくのが目に見えるようだ。

「アンナマリー様の猫のかぶりようには、感心しかできませんね……」

ジュリアンが呆れたように呟いた。

アンナマリーとアンリが神官達から次々に挨拶を受ける。二人が神殿内部を案内されているのを少し遠目で見ながら私は呟いた。

「……私、なんでアンナマリーと話しやすいのか最近気づいたんだよね」

ジュリアンが視線でどうしてですか？　と問いかけてくる。

「あの見事な猫かぶりっぷりが、すごくアンリに似てる……」

「……ああ、なるほど……」

ジュリアンが渋い顔で同意した。

その顔があまりに面白かったので私は噴き出してしまった。

「猫かぶりがうまくなるのも、わかるなあ。二人とも愛想よくしないと裏で色々と言われちゃいそうな立場だもんね」

「それは確かにそうですね」

侯爵令嬢と国王の私生児。粗を探して攻撃したい人は少なくないだろう。

「でもジュリアンには、二人も素を見せるんだね。信頼が厚いんだ？」

私の言葉に、童顔の子爵様はため息をついた。

「昔から存じ上げていますからね……マリー様は特に。それに、まあ私も少々変わった出自ですので」

「クォーターエルフだから？」

「ええ。それもありますが、私も私生児なもので……」

ジュリアンが声をひそめて続けた。

「私が爵位を継ぐのに反対する一族の者も多かったんです。……粗探しをされるのには、慣れていますね」

苦笑するような口調から、なんとなく察してしまう。

「子爵、リーナ殿。どうぞこちらへ」

そちらへ視線を向けると、柔和（にゅうわ）な表情の女性神官が通路を指していた。彼女が私達にも神殿内部を案内してくれるみたい。

アンリ達に向かって軽く手を上げて、「あとで」と口の形だけで言う。他の神官達はアンナマリーとアンリにまだ話があるみたいだ。しかも、何やら込み入った話をしている様子。

女性神官は私達に白亜（はくあ）の神殿の中を色々と案内してくれた。

「王都にある神殿と造りはほぼ一緒なんですね？」

「ええ。ほとんどそのまま形を写した、と聞いています」

ジュリアンが感心しながら聞いている。

女神を讃（たた）える王都の神殿かあ。

アンナマリーに付いて訪問はしたけれど、造りを覚えるまでは熟知できていない。なので、「へえ」と聞くだけなんだけど。

「女神は北部の出身だと聞きました」

「その通りです、子爵様」

「初代国王陛下は、女神を……初代王妃様を偲(しの)んで神殿を建てられたとか。それなのに、何故王都に移築したんですか？」

神官さんは微妙な表情を浮かべた。

「その辺りの事情はよくわからないのですが……、当時の国王陛下が進められたと」

「当時の国王陛下？　それはまた……」

ジュリアンは複雑そうな表情を浮かべた。

「どうかした？　ジュリアン」

「気になることが少し。あとでお話いたします」

眼鏡のブリッジを押し上げつつ言葉を濁す。その表情には気づかず、神官さんは私達を奥へと案内してくれた。

「中央の礼拝堂にある女神像は新しく作られたものですが、奥にある女神像は当時のままなのですよ。ご覧になりますか？」

そう言って案内されたのは、中央にある礼拝堂の三分の一程度の小さな部屋。そこには女神と思(おぼ)しき小さな石の像がある。

普通、女神像には三人の女性……使徒が付き従っているんだけど、この像は女神様だけだ。

「昔は女神単体で祀られていることが多かったようですが、いつの間にか使徒が付き従うようになりました」

「へえぇ、なんだか面白いですね！」

初代王妃様が神格化されるのに伴って使徒も追加されたのか。

「元は人間だった王妃様を、時代と共に神格化していったんですね」

言ってしまってから、私は慌てて口を塞いだ。

初代王妃様、かつ『女神様』への感想としては、ものすごく不敬だろう。

「すいません、田舎者なもので……」

権威とかに疎くてですね……

失言を恥じる私に、神官さんはくすりと笑った。

「よろしいですよ。本当のことですし、懐かしいわ」

「懐かしい？」

「いいえ、こちらの話です」

神官さんは神殿内を次々と案内してくれて、最後に信徒の人達が集まる集会場と、その横の病院にも連れていってくれた。

そこには包帯を巻いた人達が三十人ほどいて、皆暗い顔をしている。

「国教会はどこも病院を併設しているものですが、患者が多いですね」

ジュリアンが訝しげに首を傾げた。

病院の職員と思しき何人かの人達が、怪我をした人の包帯を替えては薬を塗布している。

「どうして皆さん、怪我を？」

「実は数日前に季節外れの大雨が降りまして……」

「北部で？　この季節に？」

ジュリアンが驚いた顔をする。北部の春の天気は安定しているらしく、大雨は珍しいことなのだそうだ。

「尋常でない雨が一昼夜続いて地盤が緩んだのでしょう。地滑りが起きて……」

国教会からそう遠くない村の一部が土砂に襲われたのだという。

「それは……大変ですね」

「救援を送るよう私からも依頼しましょう」

ジュリアンがそう申し出ると、神官さんはほっとしたように胸の前で手を組んだ。

「ありがとうございます！　なんとお礼を申し上げてよいか……」

そのとき、ひょいっとレストウィックが顔を出す。

「地滑りの件は聞いてないよ？　そんなに大規模な地滑りがあったんなら、王宮に助けを求めればよかったのに」

「レストウィック団長！」

神官さんはレストウィックと知り合いだったみたいで、慌てて頭を下げた。

どうぞ気楽に、と彼はステッキを振る。

神官さんはばつが悪そうな表情で顔を上げた。

「国教会本部には応援要請をしたのですが……、今は忙しいので……少し待てと」

確かに、王都の国教会は花祭りで忙しい。

けれどレストウィックは眉を上げた。

「女神を讃える花祭りに浮かれて、女神の出身地をないがしろにするんじゃ、本末転倒だね。どうせクロードが絡む祭りだからって、上層部がいい顔したがったんでしょ？　王族が絡むとすーぐこれだから、国教会は嫌いなんだよね、僕」

「団長」

ジュリアンがコホンと咳払いして、「言いすぎですよ」とたしなめる。

神官さんは苦笑した。

「ですので、今回侯爵令嬢と伯爵がおいでくださったことに感謝しているのです。申し訳ないとは思うのですが……今頃お二人にも支援を要請しているかと」

さっきアンリ達が込み入った話をしていたように見えたのは、それか！

「魔導士が必要なら何人か回そうか？」

「ありがとうございます、団長」

私もよし、と袖をまくった。

「拝見したところ、治癒の力を持つ人はいないみたいですね。じゃあ、私、お手伝いします！　治癒師なので」

「リーナ……！」

ジュリアンがちょっと呆れたように私を見た。

「……あーあ、三十人以上の治療をしたら疲れると思うけど大丈夫？」

「最近、能力を使っても疲れないようになってるんです！」

魔物のおかげで、というところはさすがに黙っておいた。ジュリアンとレストウィックが呆れ気味に顔を見合わせる。

そんなレストウィック達を尻目に、私は治療にあたっていた職員さんに声をかけた。

私達を案内してくれた神官さんが慌ててそばに来てくれる。

「……シェイ神官、この方は？」

「治癒師のリーナ様です」

シェイという名前らしい神官さんの答えに、治療にあたっていた職員さんが、えっと言葉を失う。

「聖女の……！」

聖女なんかでは決してないけど、私は治癒能力が高いのでそう呼ばれることもある。ここで否定するのもややこしいので私は素直に微笑んだ。

「侯爵令嬢に付き従ってまいりました。そうしたら、皆様がお困りだと聞いて」

「おお！　それはありがたい！」

病院の職員さんかと思っていた男性はどうも医師だったみたいで、治癒師の私が来たことを喜んでくれた。

「負傷者は三十名ほどとお見受けしましたが……」

「いえ、それは家に土砂があふれて避難してきた人数です。負傷しているのはその半分で、大怪我を負ったのは十名ほどなのですが」

医師の男性は、その十名の状況について書いたカルテを見せてくれた。

人体の図があらかじめ描いてあって、患者の特徴と怪我をした部位、それから今まで行った治療などが時系列順にまとめられている。

わかりやすい～！

「便利ですね！」

感嘆した私に、医師は表情を綻（ほころ）ばせた。

「できれば重症の方から診させていただけますか？」

「ええ。……こちらの男性は、土砂と家具の間に体が挟まれてしまって……」

と、私は一人の患者の前に連れていかれた。

「腰に強い負荷がかかったらしくて、腰から下の感覚がないらしいのです」

医師は声をひそめる。

私は頷いて、青い顔をした若い男性の前に腰かけた。カルテを見ながら怪我をした箇所に手をあてる。

「癒せ（ヒール）」

私がそう唱えると、仄かに掌（てのひら）が光って白い光が男性に降り注ぐ。

「いかがですか？」

男性はぱっと顔を輝かせ、しかし次の瞬間また顔を曇らせた。

「その……治癒師様が手をかざしてくださった瞬間、疲れが嘘のように消えたのですが……足は……感覚がなくて」

そうなんですね、と私は頷いた。

治癒術には三つの方法があって、そのうち二つは、治療される人自身の回復力を増進させて回復を促すものだ。

多分この若い男性の神経は途切れてしまっている。途切れたままのものを回復させても、それぞれが治癒するだけで、元の機能を取り戻せるとは限らないのだろう。

私の頷きに何を思ったのか、医師も絶望的な顔になり、青年はますます暗い顔をしている。

「やはり、足はもう……？　ああ、私はこの先どう生きていけばいいのか！」

私が深刻な顔をしたからか、青年は悲嘆に暮れている。

「すいません、ちょっと考え事をしていただけなんです！　ご心配なさらず」

私は安心させるように微笑みかけて、医師に尋ねた。

「大雨が降ったのは、何日前でしたっけ？」

「三日ほど前ですね」

私はカルテを覗き込んでふむふむと頷く。

三日前なら、多分、いけるかな？　修復する箇所もカルテではっきりとわかるし。

私は胸元からチョークを取り出して、小さな魔法陣を床に描いた。

そこに戻したい日時と箇所を記載する。

「お手伝いをしましょうか？」

私が何をしようとしているのか察したのだろう、ジュリアンがジャケットを脱いで来てくれた。

「ええ、お願い！」

医師とジュリアンが、怪我をした青年を魔法陣の上に移動させる。

私は久々に両手で印を結んで呪文を唱えた。

「復元せよ(リストレーション)！」

青白い光が男性を包む。

十数秒ほど経って光が収まり、私は彼に声をかけた。

「……いかがですか？」

「う、動く！　動きます治癒師様！」

青年が飛び上がって喜び、そしてずっこけた。

「い、いてえっ！」

「ああ、治癒術にはご自身の体力も使うから、多分、今日と明日はぐったりされると思います……気をつけてくださいね！」

青年はこくこくと頷き、目に涙をためて礼を言ってくれた。

「よかったです。時間があまり経っていなくて」

治癒師のほとんどが使えないであろう三つ目の方法が、この『復元魔法』。怪我をしていなかったときの状態に戻す魔法だ。

でも大雨からひと月も経ったあとだったら、さすがにうまく発動できたか自信がない。

「相変わらず、でたらめな能力だなー」

レストウィックが呆れたように私を見た。

「それって褒めてくれているんですか、団長？」

「まーね、リーナのことはすごいと思っているよー」

ほんとかなあ。やけに口調が軽いけど！

「ほんと、ほんとー。僕に治療はできないからね、シェイ神官！」

「はい、レストウィック団長」

「でも、ちょっと状況を教えてよ。何かできることがあるかも」

レストウィックはシェイ神官と話をしながらその場を離れ、私は残りの患者さんを紹介してもらうことにした。

重傷の人から会わせてほしいとお願いしたから、先程の青年の怪我が一番重かったみたい。

　次に治療したのは、まだあどけない少年だった。

　足の骨折と、落ちてきた食器で深く切ったという顔の傷が痛々しい。

「すぐに、よくなるからね！　癒せ（ヒール）」

　私が唱えると、男の子の傷はたちどころに癒（い）えた。

　母親らしき人がありがとうございます！　と感激してくれている。

「治癒師なので、当然のことをしたまでです」

　他には両足を骨折した人、利き腕をぽっきり折ってしまった人、長い時間土砂に埋もれていたせいで背中全体を痛めている人など。

　重傷者はあと二人、と汗を拭（ぬぐ）ったところで、背後から私に声がかかった。

「リーナ！　ちょっと飛ばしすぎじゃないのか？」

「アンリ？」

　いつの間にかアンリが背後にいて、私を心配そうに覗（のぞ）き込んでいる。

　確かに治癒術は体力を使うもんね……

　私は手を握って開き、体内の魔力をなんとなく測ってみてから小声で申告する。

「あと半分くらい魔力が残っている気がする、ので、大丈夫かと……」

「半分？」

アンリが信じられない、というように私が治療した患者さん達を見た。

そして残る二人を治療したところで、私は退室しようとする。

「私達は治療してくれないんですか？　転んだところが痛いのに……」

「指の切り傷が痛いんです！」

夫婦らしき人二人から不満を言われ、私はしまったなあ、と頭をかく。

「貴方達は軽傷です。すぐに治るでしょう？」

医師がたしなめても二人はまだ不満そうだった。

魔力に余裕はあるし、重傷者の人達は全快しちゃったから、軽傷者が不公平に思うのもわからなくはない。ここでずっと治療にあたっていた医師の人があとであれこれ言われるのも可哀想だし、じゃあ治療しましょうかと私が言いかけたとき。

「貴方がたは国教会所属の治癒師に治療を頼む場合の相場を知っているか？」

アンリがすました声で尋ねた。

「治癒術はなんの労苦もなく使えるわけではない。危急のとき、または重傷者の場合は支払いが免除されるが、貴方がたは全く重傷者には見えないな。治癒師の力に頼るなら、最低でも銀貨五枚の寄進を求められるだろう」

「そんな、横暴でしょう！　銀貨五枚だなんて」

アンリはにこりと微笑んで、彼を指さした夫人の手を優雅に取った。

「怪我した指なら、大事にした方がいい。傷が悪化するといけない。それくらい動かしても大丈夫、ということでしょう？　今貴方達に提供している薬での治療なら無料のままだ。――些細（ささい）な傷のために銀貨五枚を失うのと、どちらがいい？」

アンリの言葉にむすっとした夫婦は渋々（しぶしぶ）引き下がった。

私はごめんなさい、と他の人達も含めてお詫びをする。

「一度に使える魔力には限界があるんです。だから、重傷者の方を優先しましたけれど……皆さんが早くよくなることを祈っています」

大半の人はとんでもない、と快（こころよ）く私を見送ってくれたけど、さっきの夫婦以外にも不満そうな人は数名いる。

私、アンリ、ジュリアンとそれから医師の四人は、そっと部屋を出た。

「すみません……お疲れのときに不快な思いを……」

「とんでもない。皆さん慣れない暮らしで不満がたまっているんでしょう」

アンリが「全くだな」と頷いて、医師がますます恐縮する。

ああ、とアンリは苦笑して手を振った。

「貴方を責めているわけじゃない。彼らは国教会からの助けがないことに不満があるんだろう。さっきのはその八つ当たりだな。私にできる支援があれば手配するよ」

そう言ってアンリが石版(タブレット)を取り出した。そのまま誰かに連絡する。

「どこに連絡を？」

「俺の領地の管理人にちょっとね。ここは俺の屋敷からも近いから、取り急ぎ支援できることがないか確認してくれ、と依頼してみた」

私の質問にアンリがさらりと答える。

なんとなく拍手をしてしまったら、「なんだよ」とアンリはばつが悪そうにそっぽを向く。

「ベルダン伯爵のご助力、ありがたく思います」

医師はアンリの顔を知っていたらしく、ますます恐縮した。

彼はあと少しだけ患者の人達をケアすると言い、ジュリアンが力仕事でよければ手伝いますよ、と申し出た。

「ジュリアン、ではまたあとで」

「ええ。少ししたら私も合流しますので」

二人と別れた私達はシェイ神官とレストウィックを探しに行くことにした。

アンリは横に並んで歩く私を、ちょっと半眼で見る。

「なんだよ、リーナ。むずむずと何か言いたげな顔してるぞ？」

「別にぃ？　ちゃんと伯爵様の顔を持っているんだなーと思って」

アンリがますます渋面になる。

「別に普通だろ！」

「そう？　それから、さっきは場をまとめてくれてありがとうね。でも、私は国教会の治癒師じゃないのに、ご夫妻にあんなこと言ってよかったのかなーと思って」

「別にリーナの話はしてないだろ？　国教会の治癒師の相場を言っただけで」

「相変わらず、屁理屈が上手！」

私が笑うとアンリもつられた。だけど、とまた表情を曇らせる。

「疲れて愚痴っぽくなる人間がいるのもわかる——しかし、王都の祭りのせいで地方への支援が疎かになるんじゃ本末転倒だな……」

ぼやくアンリを元気づけるように言う。

「アンリの支援が早く届くといいね」

「俺からではなく、伯爵家からの支援、だな！　俺は名ばかり領主で留守にしがちだし、ろくなことをやってない」

「いいんじゃない？　支援を受ける人は、誰からの助けであっても、きっと嬉しいよ。……昔の私達みたいに」

私達は小さい頃、家族のいない子供達ばかり集められた施設で育った。

誰かから寄付があったとき、いつも言っていたものだ。

『――このパンが誰からの寄付だって構わない』

私が歌うように呟くと、アンリもそれに応えた。

『――パンに名前は書いてないから！』

二人して顔を見合わせて笑う。

こんな風に、昔のことをふとした拍子に思い出せるのは嬉しい。

ほのぼのとした空気が流れたあとに、アンリはふと表情を曇らせた。

「……それにしても、十人立て続けに治療しても疲れてないのか？」

私はしばらく言葉を探してから、素直に白状することにした。

「困ったことに全く疲れていないんだよね……魔物のおかげかも」

アンリがなんとも言えない顔をする。

「この前、またやつと接触したから、か？」

王都の街でシャルルと会って怪我をしてから（そして、怪我をさせられたときに血を取り込んでから）、また魔力が強くなったように感じる。

「今だけなら恩恵にあずかりたいけど……ずっと使ってると何か悪影響があるのかな」

「あんまり治癒術を使わない方がいいんじゃないのか？」

ものすごく深刻な顔をして心配されたので、私も、うーんと唸ってしまった。

「いつの間にか、魔物に近づいていたりしてね。ドラゴンの言葉もわかるようになっちゃったしなあ」

困ったと唸っていると、そこへレストウィックとシェイ神官が戻ってきた。

私がドラゴンの噂をしたからなのか、ルトとジニまで後ろに付き従っている。

『アンリ、ぼくねえ、おるすばん、あきちゃった。おさんぽいこ！』

『ジュリアンはどこなの？　ジュリアンにあいたいの……』

二頭のドラゴンは、それぞれ主のことが大好きである。

アンリが近づくとルトはご機嫌で首を擦りつけた。

『アンリあそぼう！　お山があるからみにいこう、ぼく飛べるんだあ！』

「ルト達まで、どうしたの？」

私が聞くと、ドラゴンを先導してきたらしいレストウィックが口を尖らせる。

「騒ぐなよ、キッズ達！　物見遊山に行くんじゃない。調査だ、調査！」

『ものみゆさん、ってなあに？　ごはん？』

『しらないなまえだわ、だぁれ？』

ドラゴン達は、こてん、と同じ方向に可愛く首を傾げた。レストウィックは無邪気なドラゴン相手に呆れつつも、律儀(りちぎ)に否定する。

「物じゃない、人でもない。君達もちゃんと言葉を覚えなよね」

『はあい』

『がんばるー』

憎まれ口を叩いた魔導士は、ドラゴンから私達に視線を移す。

「土砂崩れは、地盤の硬いところで前触れもなく起きたみたいだ。あまりに作為的なものを感じるんでね。見に行くだろ？」

「作為的……」

「誰かが、わざと壊したみたいだ、ってことさ」

私は横に並んだアンリを見上げた。アンリの青紫の瞳が険しく細められる。

私達は多分、同じことを考えているだろう。

「ルト！」

『なあに？　アンリ、なにしてあそぶの？』

アンリは遊ぶんじゃないけど、となだめるように相棒を撫でる。

「山の方に散歩に行こうか？　危ないかもしれないけど、一緒に来てくれるか？」

ルトは、ぴょん！　と尾を振った。

『いくよ！　だってぼくはアンリのあいぼうだもの！』

ルトに私とアンリが乗せてもらい、ジニにレストウィックが（不承不承）乗せてもらうことになった。

「土砂崩れの現場に行かれるのでしたら道案内をさせてくださいませんか？」

シェイ神官がそう申し出てくれる。

どうしようか、と思ったけれどレストウィックがいいんじゃない？　と頷いたので、シェイ神官も一緒に行くことになった。


山の中腹に、突如として切り開かれた平らな土地に、その村はあった。

『ちっちゃいおうちがたくさん！　アンリ！　色がたくさんで、かわいいねえ』

王都生まれで貴族の屋敷に暮らしているルトからすれば、確かに小さな家が集まったように見えるだろうなあ。

村の入り口でドラゴンから降り、被害を確認していると、責任者らしい初老の女性が私達を出迎えてくれる。

「王都から視察に見えられたんです」

シェイ神官が私達を紹介すると、初老の女性——村長さんは顔をしかめた。

「……随分ゆっくりとおいでになられるんですね？」

当たり前だけど、村長さんは国教会に放置されて怒っているみたい。私達は国教会の本部の人間ではないけれど、訂正できる雰囲気でもない。

「現場を確認しに行っても？」

レストウィックが尋ねると、村長はますます困惑の色を深めた。

「……しかも、こんな若い少年をよこすなんて！」

私達は一斉に首を傾げる。

いや、その人、貴女の倍は生きていますよーと思ったけれど、レストウィックが目深に帽子を被っているので、エルフの特徴である尖った耳が見えてないのかも。

「僕は若いですが、きっとお役に立ちますから！　信用してください！」

胸の前で手を合わせてレストウィックが熱弁する。

「……か、かわいこぶっている……」

「誰あれ……」

『おじいちゃん、へんなこえー！』

アンリと私が唖然とし、ドラゴン達も丸い目をさらに丸くした。

騙された村長さんは「寒いから気をつけて行きなさい」とわざわざ外套をレストウィックに渡してくれる。

「しまった……。途中で耳に気づいてツッコまれると思ったんだけど。真摯な少年キャラのままになってしまった」

ばつが悪そうに頭をかく魔導士団の団長に、シェイ神官がまじめに言った。

「もともと人の好い方ですし、今は村がこんな風になってしまって余裕がないのです。ふざけるのは、ほどほどになさってくださいまし」

至極当然な指摘に「あー……」とレストウィックはまた頭をかいた。

「ごめん。悪かったよ、シェイ神官。つい、王宮にいるときのくせでふざけた。……茶化していい場面でもなかったな。まじめに働くよ」

おや、素直だ。私は笑ってしまった。

レストウィックがチッと舌打ちして、行くよ！　と私達を先導する。

私とアンリは肩を竦めて笑い、彼とシェイ神官のあとについて現場へと向かった。

「大雨の際に大きな落雷があって、そのあとにいきなり崩れたんです。村ができて以来、こんなことは初めてだというもので……」

現場に到着すると、シェイ神官が説明してくれた。不自然に大きな岩が落雷で砕かれている。それから岩に押し出されるように土砂が崩れてきたのか。

落雷現場に足を踏み入れた私は、ぶるりと震えた。

……体感温度が下がり、身に覚えのある気配がする。

「落雷か。既視感があるな」

アンリが私を大丈夫か？　と気遣う。私はアンリの言葉を聞いて、アンガスの街でのことを思い出していた。

「私とシャルルが最初に魔物に襲われたあとにも、アンガスの街で大きな落雷があったし……あのときと同じ気配がする……」

「魔物と無関係ではなさそうだね、やっぱり」

アンガスの街では落雷の影響で、図書館の屋根に大きな穴が空いたんだっけ。

私は魔族の伝承の一節を思い出す。

アンガスの街でひとりぼっちだった魔物と子供は、互いに惹（ひ）かれ合って仲良くなる。

魔物は人間の子供に力を貸して、そして裏切られた。

魔物は大きくなりすぎて、こどもは偉くなりすぎて
一緒にいることができなくなりました。
よっつに裂かれた魔物は、東西南北　闇の中
こどもの訪れをまっています。

「四つに裂かれた魔物の在り処のうち、南をアンガスと仮定して、東はシャルル達が訪問したダンジョンだと仮定すると、すでに二つは回収済みってことだよね……」

シェイ神官が視線を上げて不安そうに私を見た。彼女には私達が何について話しているのか見当もつかないだろう。どう説明しようか。

「北はこの村だとしてもおかしくないな」

アンリが独り言のように呟いてから、シェイ神官を見た。

「俺達は厄介な魔物のあとを追っているんだ。その魔物の所縁の品がここにあったのではないかと疑っている。落雷で壊れる前には何があったんだ？」

「祠です。名前も伝わっていない古い神を祀ったものだと聞いています。国教会は管理していませんが、村では古くから大切に祀っていたそうです」

レストウィックがとりあえず、とステッキを構えた。

「見やすくしようかな。――風よ、我の意に従え」

コン、と小さな音を立てて地面に杖を突き立てる。

足下から風が巻き起こり、私達の周囲にあった土砂が瞬(また)く間に取り除かれた。

土砂が除かれたことで、崩れた岩だけが残って……確かにここには祠(ほこら)があっただろう、とその形からわかる。

「土砂に埋もれた家はあとでなんとかするとして。リーナ、この祠(ほこら)って復元できたりする？　落雷の前の状態に」

「数日前ならなんとかなると思うけど……魔力が足りるかな……」

私は考え込みながら、自分の首飾りに触れた。

不測の事態に備えて、私は魔力を宝石にため込んでいる。いつか何かのためにと思っていたけど、それを解放することにした。

「うん、大丈夫……だけど、地面に魔法陣は描けないな」

私は持っていた別の魔石を細かく砕いて、光る粉に変え、空中に魔法陣を再現した。

「復元せよ(リストレーション)！」

虚空(こくう)に浮かんだ魔法陣が私の魔力を受けて光を増す。

私の呼び声に応(こた)えて、砕けていた岩々が時間を巻き戻されて宙に浮いた。

ばらばらにされた立体パズルが解かれるみたいに、様々なパーツに分かれていた岩が、再度一つの形を構成していく。

そして何事もなかったかのように、小さな祠(ほこら)が私達の目の前に現れた。

「……成功かな」

「お見事。だけどリーナ、魔力は大丈夫か？」

私はアンリに大丈夫、と答えてから皆を促(うなが)し、祠(ほこら)の中に足を踏み入れることにした。

一歩踏み入れたところで、わずかな香りに立ちすくむ。嗅ぎなれた香りだ。

「灯り(ライティング)よ」

アンリが唱えたおかげで、祠(ほこら)の中が真昼のように明るくなる。

祠(ほこら)の中の壁は無機質な岩肌でないことが見て取れた。

一面に蔦(つた)がびっしりと蔓延(はびこ)っていて、岩壁を埋め尽くすその緑に負けないほど、赤い小さな花も咲いている。

色の濃さも花の大きさも違うけど、女神が常に身にまとうあの花に違いなかった。

「……エイル……」

私が呟(つぶや)くのを待っていたかのように、遠くから女性の声がした――

『……エイル――』


優しい声が聞こえて、私は顔を上げた。

半分体が透けた長い髪の女性が、白いドレスに身を包み、微笑んでいるのが見えた。

これはいつか見た、夢の続きだろうか。

国王に力を貸した魔族の少年の夢。彼と親しくしていた少女の記憶。

……彼女は美しい淑女(しゅくじょ)に成長し。

やがて、望まれて初代国王陛下の王妃になった。


『来てくれないんじゃないかと思っていたわ』

王妃は柔らかい表情で微笑む。

頭上から降り注ぐ陽光に飾られ、薔薇(ばら)色の頬は幸福に輝いていた。

彼女に向き合った魔族の少年は、結婚式に参列するとは思えない簡素な服装をしている。彼女を素っ気なく祝福すると、目を細めた。

『式には出ないよ。騒がしいのは好きじゃないし、無礼で身の程知らずの子供が、幸運な王妃様のそばにいるべきじゃない、多分ね』

王妃は困ったように眉を下げた。

『そんなことないわ、最後までいて。私のために来てくれたんでしょう？』

『ちょっと顔を見に来ただけ。――幸せそうな顔を見て満足したから、僕はさっさと立ち去るよ』

『――エイル』

『そんな顔をするな。辛気臭いのは嫌いなんだ』

『国王陛下には会わないの？』

王妃が悲しげに尋ねる。

かつては兄弟のように親しくしていた二人が、もう一年近くまともに顔を合わせていないことを、彼女は知っていた。

寂しそうな顔で微笑む王妃の額に、少年はそっと口づけた。

『忙しそうだったから声をかけなかっただけ。また、気が向いたら来るよ。さようなら王妃様。どうか、幸せにね。……僕は帰るよ』

『どこに帰るの？』

『それは……』

少年は言い淀んだ。

行き先を告げるつもりなど最初からなかったからだ。

力を分け与えた小さな少年は国王になり、今では奔放で残虐な自分をあからさまに疎んじている。自分が気まぐれに拾い育てた少女は美しく成長し、自分を嫌う国王を愛している。

彼女が王妃になって自分が行ってきた所業を知れば、今のようには微笑みさえ交わせなくなるだろう。

――別に構いはしない。

元々一人だったのが元に戻るだけだ。

『北にでも、行こうか』

ぽつりと呟いてしまったのは……まだ未練があるからかと自覚して、内心で嗤う。別れが辛くなるほど、深入りするのではなかった。

『気が向いたらご夫妻で来ればいいさ――それまでは、そうだな』

指を鳴らして掌を開く。

『まあ！』

彼女が表情を綻ばせた。

そして掌に咲いた赤い花の名を呼ぶ。少年の名前と同じ花を。

『エイル……』

『再会するときまで、僕の代わりに愛でていただければ幸いですよ、王妃様』

『だったら、王宮の庭に貴方と同じ名前の花をたくさん植えるわ。貴方が来るまでには庭園が花であふれるわ。どうか見に来てね？　きっと素晴らしく美しいから。三人でその花を見ながら散歩しましょう？　昔みたいに』

『……行かないよ、王宮なんて』

『いいえ、エイル貴方は来てくれるわ。エイルはいつも私との約束だけは、絶対に守ってくれるもの』

『……』

『約束よ？　エイル！』

『……わかった。約束する』

多分そんな日は、来ない。彼女だけは信じているかもしれないけれど。

自らの瞳に映った無垢な微笑みが曇らないうちに、少年は踵を返した。

『さようなら、僕の女神。君の未来に幸多からんことを……』

その別れの言葉が合図だったかのように、半透明だった二人が消える。

シン……とその場には静寂がもたらされた。

「今のは、なんだ……？」

王妃と少年の別れのシーンはアンリやレストウィック、シェイ神官にも見えたようだ。

無言で立ち尽くしていた私達は、一斉に呪縛が解けたかのように動き出した。

「私がこの前夢に見た、魔物の……エイルの記憶の続きみたいだった」

……エイルの気配が色濃く残る場所に、彼の影響を受けた私が立ち入ったから、記憶の欠片が作動したんだろうか。

私はふと、祠の奥が光っているのに気づく。

近づくと何かが落ちていた。小さな、人形の――

「女神の像？」

シェイ神官がそっと手巾を取り出して、大事そうに包む。

「本来は箱に入れて飾られているんですが、箱から落ちてしまっていたんでしょう」

石膏でできた女神像は古かったけれど、端整な顔をしている。

その女神に私は指で触れ――

「痛ッ！」

静電気のようなものが走った。

「どうした、リーナ？」

「……ねえ、アンリ。アンガスの街で、サイオンが言っていたことを覚えている？　シャルルが東のダンジョンに行って、何をしたか」

サイオンは『シャルルは完全におかしくなっていた』と言った。

東のダンジョンで見つけた赤い石を飲み込んだとも。


よっつに裂かれた魔物は、東西南北　闇の中

伝承では、そんな風に歌われていた。

「ひょっとしたら、女神像の中にエイルの一部があるのかもしれない」

私の推測を聞いたアンリはふむ、と女神の像に触れる。

「伝承の歌にあった通り、魔物の体は四つに裂かれていたってことかな。確かに女神像から、何かの気配を感じる……」

レストウィックが眉間（みけん）に皺（しわ）を寄せた。

「南のアンガス、東のダンジョン、北部はここ。もう一つが西……。西には、王都があるな……」

渋面を作るレストウィックの言葉に、私は頷く。

「魔物が四つに裂かれた体の最後のパーツを取り戻したがっているなら、女神像を持って、王都に戻った方がいいのかもしれない――」

私が言い終わらないうちに、ピクリと反応したアンリが出口に視線を向けた。

「誰だ――！」

抜刀したアンリが厳しく誰何する。

無言で身を翻した小柄な影に、私は見覚えがある気がして――

「伏せろ！」

レストウィックの声に、私を抱きすくめたアンリごと慌てて地面に伏せる。

――ガン！

と何かが上から落ちてくるような音は一度だけではなかった。何度も響くその音と共に、祠に何かが落ちてくる。

「きゃ！」

大きめの石が落ちてくるのが見えて、私は思わず目をつむった。

しかし、アンリが払ってくれたらしく、音がやんでも衝撃はない。

「あの野郎――！」

アンリが舌打ちと共に立ち上がる。レストウィックも舌打ちした。

「中にいたら潰されそうだ！　出るよ」

そう短く言って杖を振る。

転移魔法だ……と思った瞬間、体が宙に浮いて乱暴に祠（ほこら）の外へと投げ出された。

「リーナ、大丈夫か？」

「う、うん。ありがとう」

今度もがっちりとアンリに抱きすくめられていたおかげで、私は衝撃を受けずに済む。

他の人も怪我はないだろうか、と思っていると、女神像をしっかりと抱きしめていたシェイ神官が弾かれたように顔を上げた。

「――貴女は！」

私達もつられて顔を上げる。

「僕の場所に誰かがずかずかと入ってくると思ったら。君達か」

聞きなれた声に似つかわしくない冷たい口調に、ぞくりと背中が粟立（あわだ）つ。シャルルの顔をした魔物が不快を隠そうともせず、宙に浮いて私達を見下ろしている。

横には小柄な黒髪の美女――カナエもいた。

その瞳は赤ではなく、シャルルも青い瞳に戻っている。

「僕の場所？　他人の村だろ。勝手に破壊するのはよくないと思うぞ」

アンリが長剣を鞘（さや）に戻して、代わりに短剣を抜いた。

虹を写し取ったかのような美しい刀身が現れ、わずかにシャルルが怯（ひる）む。

あの魔物はこの短剣が苦手なのだ。アンガスのときも、彼を傷つけることができたのはこの刃（やいば）だけだった。

「他人の村など、知ったことじゃない。どうして君達は僕を邪魔するのかな」

「……貴方が行く先々で騒ぎを起こすからでしょう？」

私は立ち上がって幼馴染（おさななじみ）を見上げた。

この村を破壊しようとしたのもそうだけど、王都で何人もの人を操（あやつ）って怪我人を出している。

魔物は唇を綺麗な孤（こ）の形にした。幼馴染（おさななじみ）の顔で、当然のように宣言する。

「僕は彼らが望む通りに復讐の手助けをしただけ。皆、納得していただろう？」

「そういう戯言（ざれごと）は、せめて自分の口で言うべきだろう。いい加減、俺の友人の体から離れてもらおうか」

アンリは短剣をしまい長剣を構え直した。魔物は音もなく地上に降りてくる。

「生憎と——」

言いながら腰に佩いた剣を抜くと、無駄のない動作で横から薙ぐ。

「——自分の体は、とうの昔に失くしてしまってね！」

アンリは逆手で鋭い刃を受け止めた。

「……つぅっ！」

「君の先祖のおかげなんだけどさぁっ！」

きぃんと甲高い音を立てて金属同士が火花を散らす。

「だけど、僕を探し出してくれて——どうもありがとう！」

交錯する刃越しに二人が睨み合う。

けれどアンリの力に押されて魔物が後退する。

たじろいだ魔物の動きを封じようと、レストウィックが短く詠唱した。それに呼応するように、祠の中に自生していた蔦が急速に育ち、触手のように伸びる。

蔦が魔物の動きを止めようとしたところで、急にその蔦が萎れて地面に落ちた。

なんらかの魔力が干渉したのだろう。魔力を感じた方向に視線をやると、カナエが無表情でレストウィックを指さしていた。

魔物が口の端を上げて笑い、私達から少し離れていたシェイ神官に視線を定めた。

「ごきげんよう、神官サマ！　僕を返してもらえる？」

「ひっ」

シェイ神官の眼前に立った魔物は、彼女の襟首（えりくび）をつかんで地面に押しつけ、女神像を奪う。片手で女神像を掲（かか）げると力を込めて砕き、その中から赤い石が転がり出た。

禍々（まがまが）しく美しい光を放つ——あれが！

「ああっ」

「シェイ神官！」

突き飛ばされたシェイ神官に駆け寄ると、無表情だったカナエが視線をこちらに向け、小さく声をあげる。

「シェイ……」

その一方では魔物が赤い石を手の上で転がし、飲み込もうと口を開け——

「勝手にシャルルの体で妙なことをしないでもらおうか！」

「ちいっ！」

アンリの叫びに邪魔され、魔物が動きを止めた。アンリは勢いをつけて走りながら叫ぶ。

「レストウィック！　援護を！」

「風よ！」

レストウィックの声と同時にアンリが跳躍し、魔物の右手に虹色の短剣を突き立てる。

「――くっ！」

カキンと甲高(かんだか)い音がして、赤い石の欠片(かけら)が魔物の手から零れ落ちた。その欠片(かけら)を手にした私は、それを女神像の欠片(かけら)と一緒に握り込んで魔力を込める。

「――復元(リストレーション)せよ！」

赤い石を包み込むように、女神がその美しい体を取り戻す。ところどころ欠けたままではあったけれど――

「残った石は半分か？　それも返してもらう！」

再び短剣を構え直したアンリから魔物が飛び退(の)く。

「逃がさないよ！」

叫んだレストウィックが呪文を唱えようとして……何かを察したように慌てて身を引いた。不意を突かれた団長の手からは杖が弾き落とされている。

「いったいな……」

頬に切り傷ができている。深かったのか、血がぼたぼたと流れ落ちた。苦々しげに宙を見つめたエルフの少年を、カナエの赤い瞳が見下ろす。

「私達の邪魔をしないで」

カナエの背後で、魔物がやれやれと息をつき……半分以下になってしまった赤い石を飲み込んだ。

それに呼応するかのように、海の青みたいな瞳が――赤くなっていく。アンリが悔しげにシャルルを睨んだ。

レストウィックが口を開く。

「……治癒師が人を攻撃するのは感心しないね。しかし久しぶりだよねえ、カナエ！君、僕に喧嘩売るとかいい度胸じゃない！　僕だけならまだしも、シェイまで傷つけるなんて」

カナエはレストウィックを見て、唇を噛みしめた。

「治癒師なんて知らない。そんなの現実じゃない。……貴方なんて知らない。わかるのは、この世界は幻だということだけ。――全部壊して、私は帰るの！」

叫ぶカナエに何か言いたいけれど、私には彼女にかけるべき言葉がわからない。

「――カナエ！」

押し黙った私の隣で悲痛な声をあげたのは、国教会のシェイ神官だった。

「シェイ神官！」

私が制止するのを彼女は振り切りカナエに訴える。

「今、貴女は正気を失っているだけ。でも……そこにいるのは正しいことじゃないわ、こちらへ帰っておいでなさい！」

その言葉を聞いて、カナエの赤い瞳に戸惑いの色が混じる。

「知らない……」

彼女は、シェイ神官を見つめて——青ざめた。

「カナエ！」

「やめて、シェイなんか知らない。この幻の世界に知り合いなんていない、ない！」

カナエが叫ぶ。

魔物がその戸惑いを断ち切るようにカナエの手を引いた。

「……君達と遊んでいる時間はないんだ」

「待って、エイル！」

私は魔物の……いいや、『彼』の名を呼んだ。

動きを止めたエイルの赤い瞳が私を冷たく見下ろす。

記憶の中の少年とシャルルは似ていないのに、一瞬彼らが重なった。

苦しげな、苦々しげな表情だ——

「花祭りの由来を、貴方は探せと言ったわ」

エイルが続けろと促すかのように、無言で私を見ている。

「女神は貴方と同じ名前の花を慈しんでいた。貴方が彼女を大事に思うのと同じように、彼女も貴方を大切に思っていた」

私はカナエが弾き飛ばしたレストウィックの杖を拾い——杖の先をエイルに突きつけた。

あのあと、エイルはどうなったのか。

王と決裂して、一人女神のもとを去った魔族の少年は……


——四つに裂かれて。


伝承をもとにしたおとぎ話にはそう記され、実際に目の前のエイルは失われた自分の体を集めている。

どうなったのかは想像に難くない。

「貴方が何を恨んでいて、何をしたいのかはわからないけれど。過去に何があったとしても、同情してあげられない」

エイルはちょっと目を見開いて、それからくつくつと笑う。

「正直だね、聖女様」

「聖女じゃないわ。ただの治癒師よ。シャルルに謝らなきゃいけない。信じてあげられなくてごめんねって。だから貴方には悪いけど、返してもらう！」

私はレストウィックの杖を彼ら二人に突きつけて唱えた。

「甦れ（リバイブ）――」

エイルに荒らされた蔦（つた）に、残っていた魔力と杖に宿されていた魔力を叩き込むと、急速に伸びた蔦（つた）がエイルとカナエに襲いかかる。

動きを封じられた二人に向かってシェイ神官が手を伸ばした。

「――カナエ！」

「近づかないで！　貴女なんか、本当に知らないんだから！」

ち、と小さく舌打ちしたエイルが、腰に佩（は）いた剣でシェイ神官を突く。

飛ばされ、悲鳴をあげたシェイ神官をアンリが慌てて抱きとめた。

「シェイっ」

カナエが震える声で小さく叫び、右手がわずかに伸ばされる。

その手をつかんだエイルがカナエを自分に引き寄せた。

「僕達はこれで失礼するよ。リーナ、アンリ。――また、今度ね！」

止める間もなく、突風が吹く。

私は巻き起こる土埃(つちぼこり)を避けて顔を覆(おお)い、杖で咄嗟(とっさ)に風を防ぐ。レストウィックが何事か叫んでいたけれど、同時に起こったドン！　という音にかき消されて聞き取ることができなかった。

音が止(や)み、土埃(つちぼこり)が地面に戻って視界が明瞭になる。

村人達がざわめきと共に集まって来たときには、二人の姿は消えていた……

レストウィックは吹き荒れた風のせいでめちゃくちゃになった祠(ほこら)をぼやきながら整備し、私は怪我をさせられたシェイ神官を治療する。

その結果、私の魔力もレストウィックの魔力もついに尽きてしまった。

『レストウィックがぼろぼろだわ！』

『リーナ、げんきない？　ぼくといっしょに、わらのべっどで、おやすみする？』

ふらふらになった私達を見て、ドラゴンズがまんまるな目をさらに丸くした。アンリが彼らを撫でながら頼む。

「ジニ、ルト。二人ともぐったりしているから、ゆっくり飛んでくれるか？」

『いいよお』

ゆっくりとドラゴン達は飛び、アンリが私達を護衛しながら北部の国教会へ戻る。アンナマリーが小走りで駆けてきて、私達を出迎えてくれた。

背後にはジュリアンと国教会の神官と思しき人達が十人ほどいる。

「どうしたの？　みんな、ぼろぼろじゃないの！」

アンナマリーが驚きの声をあげる。

とりあえず説明を、と思ったけど、私もレストウィックも疲れすぎていて、ばたんきゅーとその場に崩れ落ちてしまった。

土や泥で汚れた私達を見かねたのか、国教会の職員さんが着替えの服と休憩するための部屋を準備してくれる。

「お部屋のご準備ができました。先に汚れを落とされますか？　湯の準備もできておりますが……」

「ありがと――」

立ち上がった途端に私はふらついた。

――倒れる、と思った瞬間、ふわりと体が浮く。

「きゃっ」

小さく叫んだ私の視線のすぐ先に、アンリの青紫の瞳がある。

「湯はどちらに？　運ぶから案内してくれ」

自分が人前で、アンリに抱きかかえられている――その状況に私は絶句し、それから赤面した。

神官達が呆気にとられ、幾人かはアンナマリーを気づかわしげに見ている。私は下りようと足をばたつかせるけれども、アンリはびくともしない。

「ア、アンリ。あのね」

「多分、自分で歩け――」

戸惑う私を抱えたままアンリは歩き始めた。

「その申告は信じない。顔色がよくない。このまま運ぶから」

ちょっと不機嫌に言われて私はもごもごと言い訳した。

「そ、その、私、結構重いと思うんだけど……！」

アンリがぴたりと足を止めて、まじまじと私を見る。

「ご、ごめん、やっぱり重いよね――」

「全く。リーナは羽根みたいに軽い」

私の幼馴染（おさななじみ）は綺麗な顔で大まじめに言い切った。

「な！」

羽根！　よりにもよって！　羽根！

私は声を失って、口の形だけでぎゃあ！　と叫ぶ。

視界の端でジュリアンが額に手をあてて天井を仰ぎ、レストウィックが噴き出すのをこらえるように空咳をした。

アンナマリーがニヤニヤと笑い、「案内するわ」と私達を先導してくれる。注目を集めながら私はひたすら沈黙し、アンナマリーに案内されて浴場へと向かった。


「すっきりしてよかったわね！」

湯を浴びて着替え終えると、ニヤニヤ笑いの止まらないアンナマリーが待っていてくれた。何を思ったのか「えい」と私に抱き着いてくる。

「な、なに？　マリー」

「……羽根のように軽いって言うから、確かめてみようかなって思いましたの！」

「やめて！　なんか色々と思い出すからやめて！」

がっしりとした感触とか、体温とか、いい匂いがしたなとか！

私が狼狽するとアンナマリーはニヤニヤ笑いを深めた。

「……羽根～」

「違いますから！」

思い出して恥ずかしいのとは別に、骨太な私と違って、実際に可憐で細いアンナマリーに言われると、なんかまた別のダメージが生じてしまう！

「まあ、いいですけど。仲が良くてよろしいこと。ほほほ～」

ご機嫌なアンナマリーのあとを隠れるようについていく。

すれ違う神官さん達の視線が痛いよう。

他の皆が集まる部屋に着くと、アンリ、ジュリアン、レストウィックに加えてシェイ神官もそこにいた。

アンリはけろりとした表情で私を迎える。

「少し回復した？」

「……ダイジョウブデス」

「なんで敬語なんだよ」

むしろアンリはなんでそんなに平然としているかな！

私がちょっとむくれると、こほんとレストウィックが咳払(せきばら)いした。

「面白いからその痴話(ちわ)げんかを続けていてほしいけど、その前にちょっと見てほしいものがあるんだよね」

さすがに疲労の色が濃い少年姿のエルフが広げたのは、ハーティア王国の地図だった。

ペンを手に取ると三か所に丸をつける。

「ここは、アンガスのダンジョン」

私とシャルルが探索していたダンジョンだ。レストウィックがそこを右手で指さし、それから——とそのまま指を滑らせる。

「アンガスの東にあるダンジョンがここ」

私のパーティの一員だったサイオンが、そのダンジョンでのシャルルの様子を教えてくれたことがある。ダンジョンで見つけた赤い石を飲み込んでいた、と。

きっとそれが『魔物の一部』だったんだと思う。

「そしてここ、北部の村に祀られていたのが三つめ……半分は取り返したけど」

と、レストウィックは壊れかけた女神像を自分のそばに置いた。

「半分は、やつに飲み込まれてしまった」

王国の地図に綺麗な三角形が描かれる。

これで、南、東、北が揃った。

「残るのは西だけど……。さて、どこにあるのかな、っと」

レストウィックが地図に指を走らせる。

「強力な魔物を葬り去って、ご丁寧に四つに分けて封印したとして……、人目の届かないダンジョンや、元は神殿だった場所にそれらは保管されていた。じゃあ、あと一つはどこにあるか――？」

レストウィックが示した位置に視線を落として、アンリが静かに言う。

「王都しかないだろうな」

だろうな、と私達も頷く。

ジュリアンが難しい顔で組んでいた腕をほどいた。

「一つ、私も気になることがあるのですが」

「なんだ、ジュリアン」

「女神を祀る北部の神殿はまだ新しいのに、機能はほとんど王都に移転されています。移転を命じたのは、現陛下の曽祖父にあたられる、当時の国王陛下なのですが」

「曽祖父……」

王家の歴史に詳しくない私がピンとこずに首をひねると、アンリが簡単な家系図を描いてくれた。途中で兄から弟への王位継承があったから、今から五代遡り――百年近く前の国王になるらしい。

その名前は私も聞いたことがある。

「この方って……」

レストウィックがくるりとペンを回して、ジュリアンも片眉を跳ね上げた。

「僕にとっては、あまり印象のいい名前じゃないね。ジュリアンもそうかな？」

「……それは……不遜ながら」

アンナマリーがちらりとアンリを見ると、アンリが頷いて言った。

「魔族とエルフを国外に追放した、悪名高き国王陛下だな」

「アンリ様達が不在の間に聞いたのですが、神殿の機能を移転する際、当時の国王陛下は古い書物を全て焼き捨てたようです。主に、魔族の伝承に関するものを」

「それはまた、きな臭い……」

当時の国王はどうして伝承を焼いたりしたんだろう？

「その話は王都に帰る道すがら、詳しく聞こうか」

「わかりました、アンリ様」

会話を交わす二人の横で、私は地図をじっと見つめた。

——最後の一つ、か。

「エイルの魔力は強くなっていた……最後の一つを手に入れたらどうなるのかな」

「ぞっとしない想像だよねソレ」

レストウィックがうんざりしながら呟く。

彼の杖もエイルからの攻撃を防ぐ際に折れてしまったし、エイルの魔力が強くなったことは疑いようがない。

「だけど」

「どうかしたか？」

アンリが私に続きを促す。

「……皆、気づいていた？　王都で会ったときも、魔物は……エイルは、シャルルに一瞬だけ戻ったよね。あれは演技だとばかり思っていたけれど」

「違ったと？」

「さっきも、最初エイルの瞳は青かった。だけど、女神像に内包された赤い石を取り込んだら、赤い瞳に戻った……。石の力は永続的ではないのかもしれない。効果が切れると魔物としての意識も力も薄くなるのかも」

赤い魔石はエイルがエイルであり続けるための、燃料のようなものだとしたら？

「だとしたら、このまま赤い石を与えずに放置していれば、いつかは消失するということでしょうか？」

ジュリアンの推察に、私は賛同したかったけれど。

いいや、とアンリは首を横に振った。

「不確定なことはあてにしたくないな。それにもし、魔物がこの世にいられる時間に限りがあったとしたら？　その方が恐ろしいな。彼は、恨んでいる——王家を」

「……限られた時間で、恨みを晴らそうとするかもね」

シニカルにレストウィックは笑って、折れた杖で自分の肩を叩いた。

赤い石の効果がわからない以上、エイルが最後の欠片(かけら)を取り戻すのは阻止しなければいけないということか……

「とにかく、王都に帰って……赤い石を探さないと、だね」

私達はそう決意して、その日は国教会のベッドで、ぐっすりと休んだ。

翌日、王都に戻る私達をシェイ神官が見送りに来てくれた。

私は昨日の慌ただしさで、聞けないままになっていたことを尋ねる。

「シェイ神官は、カナエさんと知り合いだったんですね」

優しげな神官は「黙っていて申し訳ありません」と頭を下げた。

「彼女と親しくしていました」

シェイ神官は、カナエの後見人だったという高位の神官の世話係のようなことをしていたらしい。

彼女はためらいがちに私を見た。

「お願いできる立場ではありませんが……聖女リーナ。あの子が正気に戻ったら、寛大な措置をお願いできませんか。一人、異世界からやってきて頼る者もおらず、後見をしてくださった方も失って。どれだけ心細かったかと思うのです」

シェイ神官は目を伏せた。

「あの子が望まぬ形でアンガスへ行くのを、私は止められませんでした。もし、カナエが何か罪を犯したのなら、それは——私の罪です」

私の横で聞き耳を立てていたレストウィックが、安心させるように彼女の肩をぽんと叩いて過ぎ去る。

「どうか、お気をつけて」

転移魔法の部屋へ向かう私達に、悲しげに手を振るシェイ神官。その呟き（つぶや）きを耳に残しながら、私は王都へと戻った。

第五章　前夜祭

花祭りまであと数日と迫った日、私達は王都で慌ただしく過ごしていた。

アンナマリーは疲弊（ひへい）を見せず女神役の仕事を務めていて、アンリはクロード殿下と行動を共にしているみたいだった。

私はと言えば、王都に戻ってアンナマリーの仕事を何度か見学させてもらったあと、一昨日からは護衛の仕事をジュリアンとフェリシアに託し、魔導士団の団長の執務室に入り浸っていた。

自宅警備に飽きた猫ズも一緒である。

私が広げる古書にみーちゃんが、てい、てい、と猫パンチしようとするので、私は慌ててみーちゃんを抱えた。

「みーちゃん、紙に爪があたるから駄目だって」

『紙をめくってあげようとしたのである！』

「そうなんだ？　ありがとうね」

『うむ！』

「でも、爪がひっかかっちゃうかな」

『ではやめるのである！　リーナ、我は暇なのであるー。本ではなくて、我に構うのであるー』

　数日間、留守にしていたので寂しかったのかも。私がみーちゃんの喉を撫でると、黒猫は目を細めてごろごろと喉を鳴らした。

　ミケちゃんは上体を起こしてぺたんと座り、前脚でひげを整えている。

　そんな場合ではないけれど、つかの間ののんびりしてしまう。

「猫達ー、元気にしているー？　おやつに干し魚あげるよー」

　扉を足で器用に開けて、おやつを両手に持ったレストウィックが現れた。

『少年！　でかしたのである！』

『いいエルフなのにゃー』

　レストウィックと猫ズは仲良くなったらしい。

　ミケちゃんがタタっと駆けて彼の足に飛びつくので、彼は両手に持っていた皿を一方はテーブルに、もう一方は床に置くと、ミケちゃんをひょいと抱えた。

「そうだろ？　僕はいいエルフだからね、猫ちゃんに優しいんだ」

『ミケもやさしくしてあげるのにゃー』

三毛猫とちゅ、とキスをしたレストウィックは、ぞんざいに私を指さした。

「リーナも根を詰めずに休憩したら？　クッキー持ってきてあげたから」

「わあ、ありがとう！」

私が小さく歓声をあげて喜ぶと、レストウィックが作ったからくり人形も現れてお茶を淹れてくれる。

『オ茶デス、リーナ、ドウゾ』

「ありがとう。名前まで覚えてくれたの？」

人形は肯定するように手を振った。

「僕としては、こういう人形をたくさん王宮に配置したいんだけどねー。王宮の皆からは不評なんだよね……おまえ可愛いのになあ」

『アリガトウゴザイマス、マスター』

「おまえの兄弟達をたくさん作ったのに……出番がなくて、僕は悲しい……」

頭を撫でられた人形はぺこりと頭を下げ、嬉しいというように手を上げた。私も可愛いと思うんだけど、見慣れない人達にはちょっと怖いのかも。

「それで？　リーナは僕の部屋で何を探しているのさ」

「情報をまとめてみたいと思って、国教会の歴史資料を漁っておりまして……」

古い蔵書がたくさんあるのは図書館と魔導士団だったのだ。

「北部で見たことと、私が見たエイルの記憶と、資料に載ってることをまとめてるの」

ふむ、とレストウィックが机の上に座る。

「それでね、年表を作ってみたんだけど……」

説明を始めようとしたときにタイミングよく扉が開かれ、アンリが顔を出した。

「二人ともここだったのか」

「アンリ、いらっしゃい」

「今日は王太子殿下と一緒じゃないの？」

「殿下は少し遅れてこられる予定だ。リーナは、何を作ったって？」

私は二人に向けて、自分が書いた年表を広げてみた。

ハーティア王国が建国されたのが五百年ほど前。それから百年ほどして初めての花祭りが開催されている。

この頃はまだ花祭りも北部の教会で開催されていた。祭りというよりも亡くなった初代王妃――女神の慰霊祭（いれいさい）だったみたい。

不定期に開催されていたこの祭りが二十年に一度の開催になったのは、さらに百年ほど経ってから。

「頻繁にやるには金のかかる祭事だから。予算の問題もあるんじゃないのか」

アンリが指摘する。

それから時は過ぎて百年ほど前、開催されるはずだった祭りが一度、中止になっていた。

「エルフと魔族を追放した、十五代目の国王陛下の御代、だな」

「国教会の記録によると本来、第十五代国王陛下の即位と時を同じくして花祭りが行われるはずだったみたい」

その準備のために北部を訪問中だった第十五代国王は、何故か急に花祭りの中止を決断した。そして、数年後には北部の女神の神殿を王都に移すことを強硬に決定し、その後の治世では魔族やエルフに国外退去を命じている。

「憶測だけど、十五代目の国王陛下は、花祭りのときにエイルと女神の話を知ってしまったんじゃないかな」

初代国王陛下が魔物に魔力を借りていたこと。魔物は初代王妃と親しかったこと。それから、初代国王が、自分の友人であった魔物を殺して、封じたこと――

暗い過去だな。

「その過去を隠したくて女神を祀る神殿を王都に移したのかも」

「王家の歴史に血なまぐさい秘密があるのはよくあること、か。その秘密を我が先祖は隠そうとした。エルフと魔族をこの国から追放してまで……」

アンリの言葉に、レストウィックは皮肉げに笑った。

「エルフや魔族が追放されたのは僕が生まれるちょっぴり前の話だけど。大勢が追放されたせいで、たくさんの記憶や記録も抹消されてしまった。アンガスのダンジョンや北部で守られていたエイルの体も……なんのために守られていたのか、記録が消されてしまった。きちんと記録があれば、今のような事態には陥らなかったと思うんだけどな」

レストウィックが可愛らしく口を尖らせた。

「リーナ達がアンガスの図書館で見つけた数え歌みたいな伝承が、きっと僕達エルフや魔族の間にはあった。たくさんね」

アンリが苦笑する。

「その伝承を当時の王家は保身のために消したわけか」

レストウィックは「でもさあ」と両手を広げた。

「逆にこういう伝承もある。当時の国王が即位した前後に何人かの腹心が不審な死を遂げているんだ。相次いで、北部で。エイルは北部にいたんだろ？　ずっと」

私は覗き見たエイルの記憶を思い出した。

彼は、王妃のことで彼を中傷する人間を排除していた。

強大な魔力を持つ魔族の少年は、決して弱者ではない。それに彼の記憶はあくまで彼の主観だ。

きっと初代国王にも言い分があったのだろう。それはもう、覗き見ることもできないけれど。

アンリが肩を竦めた。

「双方の意見が聞けない以上、真実はわからない。今わかっているのは、国王を恨んだ魔物がいて、今も恨みに思っているってことだ」

さあて、とレストウィックが背伸びをした。

「エイルより前に、最後の欠片を見つけ出して破壊しなきゃねー。多分赤い宝石だと思うんだけど。ねえ、心あたりはない？　どうせ聞いていたんでしょ。クロード」

私が振り返ると、今日は随分とラフな格好の王太子殿下――クロード様が立っていた。

猫ズが退屈そうに座っていた机から飛び降り、殿下を出迎える。

「殿下！」

「私がいると知っていながら、三人とも随分と不穏な話をしていたな――王家の、しかも我らが始祖に全ての責任があるように聞こえたが？」

クロード殿下が椅子を引き寄せ、机の上に腰かけたレストウィックに向かい合うように座る。

ミケちゃんが当然、という顔をしてクロード殿下の膝に乗った。

三毛猫は彼の指輪が気になるのかしきりに爪でつついて、クロード殿下は「痛いよ」と少しだけ微笑んだ。アンリは明後日の方を向き、レストウィックはにこにこ笑いながら足をぶらぶらさせる。

「そう聞こえちゃった？　事実を淡々と列挙して簡単に推察しただけなんだけどねー。もっとも、僕じゃなくて」

人の悪い笑みを浮かべた魔導士団の団長様は、あろうことか私を指さした。

「そっちにいる聖女リーナ様の意見だけどさ！」

クロード殿下の青紫の瞳に射られた私は、思わず背筋を伸ばす。

「殿下がいらっしゃるとは気づかず不遜な発言をいたしました。お許しください」

敵意はありません、と弁明すると、彼はちょっと口の端を上げた。

「確かに不遜な発言だ。……訂正しろと言えば君は、発言を撤回してくれるかな？　王家の歴史に傷があってはならない。初代国王陛下が建国のために魔族の力を借りて、ましてやその協力者を裏切ったなどというのが真実ではありえない、と私が言ったら？」

アンリとレストウィックは沈黙し、クロード殿下は私から視線を動かさない。

私は首を横に振った。

「私には当時の真実はわかりません。殿下にもわからないのと同じように——けれど、王家の歴史のために口をつぐむことも、そのために行動することもできないと思います。私は、殿下の部下ではないので」

怒るかなと思ったけれど、クロード殿下は肩の力をふっ、と抜いた。

「全く、不遜(ふそん)だな。それで？　アンリ。耳に痛い君達の推察を、わざわざ王太子たる私に聞かせた意図は何かな」

アンリはにっこりと笑い、白い歯を見せた。

「殿下。私はこれでも王家に近しい者ですので、できれば過去のことであっても王家がかつて卑怯(ひきょう)であった、という醜聞(しゅうぶん)はひた隠しにしたいと思っておりますよ」

「それで？　秘密を暴かずに黙っておいてくれると？」

「兄上が、どうしてもとお望みなら」

クロード殿下は眉をぴくりと跳ね上げた。

私は思わず二人を見比べてしまう。

アンリがクロード殿下を直接呼ぶときは必ず『殿下』と呼んでいたのに、兄上とは。

「何か言いたいことがあるのか？　アンリ」

「私が兄上の御意に反する意見など持つわけがありません。ただ、そうですね。私は口が軽いので、うっかり口が滑って王家の名誉を汚すようなことを外部に漏らすこともあるかもしれませんが」

クロード殿下は、ため息をついて弟を見た。

「――おまえがうっかりしないためには、何が必要だと？」

「――魔物を捕らえた暁には、その被害に遭った二名を保護することを許可していただけますか？　そう約束していただければ、口を閉ざしますよ」

私はアンリの横で目を丸くした。

今のはどう聞いても『要望をのんでくれないのなら、王家の醜聞をばらす』という脅しだ。

被害に遭った二名とは、もちろんシャルルとカナエのことだろう。

「……カナエはともかく、魔物に操られた君の友人に落ち度はないのか？」

「勇者シャルルは王太子殿下の部下のようなものでは？　そもそも、その魔物を完全に封じることができなかったのは、初代国王陛下の落ち度ではないですか？」

「私を脅すのか、アンリ？」

「まさか。ご検討いただきたい、と弟から兄上にお願いしているだけですよ」

笑顔の弟をしげしげと眺め、クロード殿下はため息まじりに頷いた。

『嘘のにおいがするにゃ』

『小僧は人が悪いのである』

猫ズがヒゲをひくひくとさせて、兄と弟を無遠慮に見比べた。

「……前向きに考えるよ」

「僕も今の言葉聞いたからねー、検討よろしくね」

「リィ……」

レストウィックの愛称を呼び、クロード殿下は口を曲げる。

「いいじゃん。どうせ魔物の件を表沙汰になんて、できないだろ？　でも、過去の国王の失態のせいで、将来有望な若者二人が魔物に利用されているんだから、直系の君が責任取って見逃してあげなよ」

これにもクロード殿下は明言を避けて「検討するよ」と言うにとどめた。

「二人の処遇を心配するより、まずはエイルの欠片を探さないといけないはずだ。魔物は失われた自分の一部を王都に探しに来るのだろう？」

「多分ね。心あたりとかないの？　王家に伝わる赤い宝石コレクションとかさー」

「ありすぎてわからないな」

　クロード殿下が肩を竦め、では引き続き文献を探すかという話に落ち着いた。

「あ、クロード！　宝石を探すついでに、僕の杖の装飾によさげな宝石があったらそれもちょうだい？」

　文献を探しつつ、レストウィックが呑気にねだった。

　これにはアンリが呆れる。

「自分で買えばいいじゃないか。高給取りだろう、団長殿は」

「うるさいなあ、僕は貴族じゃないからアンリみたいに不労所得はないんだよ！　誕生日近いし、ねだるくらいはいいだろ」

　ふざけて言っているけれど、北部でエイルの攻撃を受けたときに、私がレストウィックの杖で防いだせいだ。私も責任を感じてしまう。

「リィの杖が折れるほど、彼の魔力は強かったわけか」

「シャルルの体が高性能なのもあるんじゃない？　――けど、そうだね。少年姿の魔族だったってことは、きっと魔力が強かったんだ。僕みたいに」

　力の強い魔族やエルフは、若くして成長が止まるのだという。

「その強大な魔力を初代国王に貸して――、不要になったら裏切られた」

レストウィックは皮肉っぽい表情を浮かべて言う。

「その境遇にはちょっぴり、同情しないこともないかなあ」

笑えない軽口だった。

「――僕が悪事を働いて、クロードに封じられるようなものだしね」

クロード殿下が虚を衝かれたような顔をする。

ややあって、目の前にいたエルフの頭に手を置くと、銀の髪をくしゃりと乱す。

「そのたとえ話は、現実味がなさすぎるな」

「そう？」

「リィはそんなことをしないし、私がリィを裏切ることもない、絶対に。おまえを傷つけるくらいなら、おまえに刺されたほうがいい」

大まじめに主張した殿下に、レストウィックは小さく噴き出した。

「僕だってやだよ。僕、非力だもん。君みたいな頑丈な男を刺す力なんてないって」

にっ、と二人は笑い、じゃあ引き続き資料を探そうか、と仲良くどこかへ去っていく。

なんか入り込めない雰囲気だったな――

私とアンリも少し遅れて、レストウィックの執務室から退室した。

猫ズもにゃあにゃあ言いながら私のあとをついてくる。

「あの二人、仲良しだね」

「ほんとにな……」

「私もそう思いますわ！　割り込めないというか、私の入る隙間がないというか」

「ぎゃっ」

「マ、マリー！」

　背後に音もなく現れた美女に、私とアンリは飛び上がって驚いた。

「いつからここに？」

「つい今しがた、ですわ。クロード殿下とリィを夕食に誘おうと思っていましたのに……きっと私は今夜、仲間外れにされるんですわ」

　口を尖らせたアンナマリーをよしよしと抱き寄せると、アンナマリーは大げさに私に抱き着いて、目じりを拭(ぬぐ)う仕草を見せた。

「それで？　二人は何をしてらっしゃるの？」

　私が先程の話を繰り返すと、彼女はふぅん、と顎(あご)に指を添える。

「赤い宝石？　女神の花冠(かかん)の宝石も見事な紅玉(こうぎょく)よ？」

　私とアンリは顔を見合わせた。

「マリーの花冠(かかん)に宝石なんてついてたっけ？」

私はこの半月ほど侯爵令嬢に付き添って色々なとこに行っている。けれど花と蔦を模した花冠は精緻な細工ではあるものの、宝石はなかったように思う。

「儀式の際はまとう衣装が違うのよ。見に来る？」

ええ、と頷いた私とアンリは女神に付き従い、赤い宝石を見せてもらうことにした。

アンナマリーの案内で、王宮の中にある小さな礼拝堂へと場所を移す。

王族と国教会関係者の一部しか出入りを許されていない礼拝堂には、儀式のための小さな祭壇があった。

その祭壇の横に飾られていた純白の絹のドレスに、思わず目を瞠る。

「綺麗……！」

私は感嘆した。

みーちゃんとミケちゃんも興味深そうにドレスに前脚を伸ばそうとする。それをアンリが両手で抱えて、ばたばたする二匹を大まじめに諭した。

「猫ズ、爪を立てたらだめだぞ！　高いからな？」

『きらきらひかるにゃ』

『触って遊びたいのであるー』

そのドレス、煮干し百年分くらいすると思うなあ……。

トルソーの後ろに回ったアンナマリーが、ドレスに体を合わせて顔だけを覗かせた。

似合う？　と聞くように小首を傾げる。

「初代国王陛下と王妃様に感謝を。ハーティアの恵みに感謝を」

アンナマリーは胸に手をあてて感謝を捧げ、私を上目遣いに見た。

「貴女にも恵みを、リーナ。女神らしく見えるかしら？」

「とっても神々しくていらっしゃいますわ！　それになんだか……」

光沢ある銀の刺繍が施された女神の衣装は、体の線をふわりと隠してくれて、さながら花嫁衣装のようだ。私はにやつきつつ、声をひそめて言う。

「花嫁衣装みたい。きっと似合うと思うわ！」

アンナマリーは、恥じらいつつ頰に手をあてた。

「どうしよう。花嫁衣装に身を包んだ、神々しいまでに美しい女神のような私に、クロード殿下が骨抜きになってしまったら……神事どころではなくなってしまうかも」

いや、そこまで絶賛はしていませんけど！

アンリが私の背後で苦笑した。

「相変わらず自己評価が高いな、アンナマリー」

「自分を正しく分析してかつ、ささやかな願望を述べているにすぎませんわ！」

おどけた口調のアンナマリーは、急にまじめな口調になる。

「個人の願望はともかく、今回の花祭りが国の発展を祝い、この国の地盤はゆるぎないものだと確信できるような――明るいものであればいいなと思っているの」

輝くような笑顔で言い切ったアンナマリーは、衣装に引き続き花冠を私達に見せてくれた。

女神役が儀式の際につけるティアラだそうで、確かにアンナマリーがいつも戴いている花冠とは違う。材質が何か、まではわからないけれど、銀と金でできた茎と葉に宝石で形作られた花が咲いている。

その中央には、確かに赤い紅玉が嵌め込まれていた。

「昔から使われている紅玉だから、もしかしてと思ったけれど」

私達三人は同時に首を傾げた。

「どう思う？　アンリ？」

「……わからないな。魔力は感じない、ように思う」

「だよね。すごく綺麗だけど……」

「違ったかしら」

今までの三つが赤い宝石だったというだけで、次もそうだとは限らない。

それに北部にあったエイルの体は、その破片ですら強い魔力を有していた。

『これには、魔物の気配はしないのである！』

『しないにゃー、ただのきらきらした石だにゃ』

猫ズがきっぱりと言い切る。

「そうなの？」

『我の見立てに間違いはないのである！』

猫は人間よりも魔物に近いから、その感覚は確かだろう。

「……わかりやすいところにはないかもしれないわね」

アンナマリーが、がっくりと肩を落とした。

また探すことにして、今日は解散しようという話になった。アンリはジュリアンのところへ一度戻るという。

三人連れ立って礼拝堂を出たところで、国教会の神官とすれ違い、私はふと足を止めた。

「あれ――？」

今の人、どこかで会ったような……？

「どうしましたの？　リーナ」

なんだろう、さっきの人から視線を感じた気がしたのだけれど、気のせいかな。

「うん？　……なんでも、ないみたい」

私は首を振って王宮をあとにした。


アンナマリーの屋敷に戻ると、私は部屋の窓辺で頬杖をついて空を眺めた。

この季節には珍しいことに日暮れから雨が降り、遠くから雷の音まで聞こえる。

『どうしたのである、リーナ！　お腹が空いているのであるか？』

「みーちゃん、大丈夫。お腹はいっぱいだから」

『我はお腹が減ったのである』

みーちゃん、レストウィックからもクロード殿下からも、アンナマリーの侍女さん達からもおやつをもらってなかった？　なんだか増量中な気がするぞ……

「食べすぎじゃないのー？　重くなってなーい？」

前脚を持って抱え上げると、にょーん、とみーちゃんは縦に伸びた。

『失礼なのである！　我は羽根のように軽いのである！』

「ぎゃー！　なんでそのセリフを知っているの!?」

私がアンリの言葉を思い出して赤面すると、みーちゃんはきょとんとした。

『なんのことなのである？』

「……私をからかったわけじゃなかったのね……」

たまたまセリフが被っただけらしい。私は誤魔化すためにこほんと咳払いをした。

「エイルの気配ってどこにあるんだろうね」

私がみーちゃんを床に下ろすと、みーちゃんはミケちゃんと顔を見合わせた。

『リーナ達がここ最近何を探しているのかと思ったら、エイルの気配がするものを探していたのであるか？』

『それならすぐそばにあったにゃ。きょうも見たにゃ』

「……え？」

私が目を丸くすると、猫ズも目を丸くして同じ動きで首を傾げた。

「どこに？　どこにあったの？　どうして教えてくれなかったの？」

『だって聞かなかったにゃ』

『言われないと、気づかないのである！』

猫ズはあっさりと仰る。私もそれはそうだ、と思いながら尋ねた。

「魔物の気配がするもの、ってどこにあったの？」

『それは……』

ミケちゃんが、つんつん、と何かをつつくようなそぶりをして、どこにあるのかを教えてくれる。

私は重ねて驚いた……そんなところにあったの？

夜も遅いけれど、とりあえずアンナマリーに相談しようとして部屋の扉を開ける。みーちゃんも『ついていくのである』と私の肩に飛び乗った。

アンナマリーが起きているといいけれど。

「リーナ！」

「マリー！」

思いが通じたのか、アンナマリーが青ざめた顔で廊下を走ってくるところだった。

「どうしたの？　マリー！」

「リーナ、大変なの……！　王宮の礼拝堂が……！」

いつも強気なアンナマリーが涙ぐんでいる。

その後ろにいる侍女さんも気づかわしげに主の背後に控えていた。

「……礼拝堂が？」

「先程の落雷で、火が出たと」

……落雷で？

私は嫌な予感に思わずぶるりと震えた。

「とりあえず、様子を見に行くわ！」

「こ、こんな夜更けに？　マリー？」

走り出したアンナマリーを呆気にとられて見送ると、私も階段を駆け下りる。

アンナマリーはそのまま厩舎（きゅうしゃ）に向かい、雨の中、自分のドラゴンで王宮へと飛んでいってしまう。

「お嬢様！」

「マリー！」

侯爵家付きの騎士達も慌てて鞍（くら）をつけてドラゴンに飛び乗る。

私は呆然と取り残された。

ジニヤルトがいればともかく、私は一人ではドラゴンに騎乗できない。急いで石版（タブレット）を取り出すと、アンリに繋いだ。

『どうしたんだ、リーナ！』

「アンリ！　さっき、マリーが！」

事情を話すと、アンリの声もどこか焦っているのがわかる。

『俺達もちょうど現場に向かうところで……ちょっと待っていてくれ』

そう言われて待つと、私達の会話にレストウィックが割り込む。

『リーナ。君、どこにいるって？』

「侯爵邸の離れのエントランスホールにいるけれど……」

『エントランスの左にある柱が見える？』

私はきょろきょろと見回して、頷いた。

「見えるわ」

『そこに近づくと、七つの竜が——王家の紋章が刻まれた箇所があるだろう？　そこに手をあてて』

私が魔導士の言葉に従った途端、いきなり地面が揺れた。

「きゃっ」

『ぐるぐるするの、嫌なのであるー！』

私とみーちゃんは悲鳴をあげつつ白い光に包まれた——

「リーナ！　大丈夫か？」

「……アンリ……」

『小僧、なんなのであるう』

半ば予想はしていたけれど、私達は転移魔法で王宮のアンリとレストウィックがいる場所に召喚されたみたいだ。二人の目の前にどさり、と音を立てて尻もちをついてしまい、慌てて駆け寄ってきたアンリの手を取って立ち上がる。

多少の吐き気を覚えつつ恨めしげに顔を上げると、レストウィックが涼しい顔で「ごめんねー」と軽い調子で謝った。

「侯爵家と王宮の緊急連絡通路があったのを思い出して、つい」

『呼ぶなら一言いうのである！　我は気持ち悪いのである……ひどいにゃー』

地面に伸びて猫らしくにゃーにゃー鳴くみーちゃんを、ごめんよ、とレストウィックが抱え上げる。

「それで？　アンナマリーがどこに行くって言ったって？」

「礼拝堂が燃えているから、そこに行くと……」

礼拝堂には儀式に使う女神の衣装や、その他諸々（もろもろ）のものが保管されている。

アンリが顔をしかめて「俺達も行こう」と駆け出し、私達もあとに続く。

五分ほど走って礼拝堂にたどり着いた。落雷したらしき屋根には赤い火が見え、割れた窓からは黒煙が立ち上っている。

「……マリー」

まさか、中にいたりしないよね……。私は呆然としながら彼女の名を呼ぶ。

「伯爵！」

「ダントン！」

飛竜騎士団(ドラゴン・ナイツ)の副団長も血相を変えて駆けつけた。

「アンナマリーを見なかったか」

「いいえ。ただ、アンナマリー様が、儀式の衣装を取りに礼拝堂の中に入られたと。――しかも、王太子殿下がそれを追って中へ……」

「馬鹿な！」

レストウィックはチッと舌打ちし、周囲を見回す。そう遠くないところにあった噴水に飛び込んで、そこに杖を突き立てた。

「――我の招きに応じよ！」

大量の水が空に舞い上がり、渦(うず)を巻いて屋根に向かっていく。

滝が流れるような轟音(ごうおん)が響き、礼拝堂に水が降り注いだ。

私達は地面に撥(は)ね返る水しぶきに耐えながら、ぷすぷすと音を立てて細い煙を上げる礼拝堂を見た。

「灯りよ(ライティング)！」

暗くてよく見えなかった周囲をアンリの呪文が照らす。

「――クロード殿下！」

そこへ現れたのはドレス姿でぐったりとしているアンナマリーと、神官姿の小柄な女性を抱きかかえるクロード殿下だった。

彼は女性二人をそっと地面に下ろすと、水でぐっしょりと濡れた前髪をかき上げて悪態を吐く。

「あんな大量に水をかけるやつがあるか！　陸地で溺れ死ぬかと思ったぞ」

「いいじゃん、おかげで助かったでしょ？」

「私も魔法は使える！　リィの助けがなくとも、なんとかなったよ、多分……」

声が小さくなるのは、ダントン副団長とアンリの非難がましい視線に気づいたからだろう。

「御身をなんだとお考えなのです！　殿下に何かあったら我々は……！」

「いつも無茶をするなと仰るのは兄上ではないですか！　一人で火の中へ飛び込むなど、正気とは思えません！」

クロード殿下はきまり悪そうに髪を整えつつ、嘆息した。

「悪かった……それより、この二人を介抱してやってくれないか？」

承知しました、とダントン副団長が人を呼びに行く。アンナマリーも顔色は悪いけれど怪我はしていないみたいだ。

念のためにヒールをかけたあと、私は倒れ込んだ国教会の神官らしき女性に近寄る。

彼女は半身を起こして小さく呻いた。

「……う……ん？」

「カナエ！」

驚く私の背後で、クロード殿下が困惑気味にぼやく。

「落雷だけでは、あんなに火の回りが早くなかっただろう。彼女が内部にいて火を放ったのか……そしてアンナマリーが彼女に気づいて揉み合いになったのか……二人とも煙を少し吸い込んでしまったらしくてな。助けるのに少し、手間取った」

私は朦朧とするカナエにヒールをかけてから、クロード殿下に礼を言う。

「ありがとうございます、殿下。カナエを助けてくださって」

「……君に礼を言われることではない。……単に見捨てがたかっただけだ」

私は思わず苦笑した。

照れ隠しで拗ねる表情は、アンリに似ている。

「——助けてなんて、誰も頼んでいないのに……！」

私のすぐそばから、弱々しい声が聞こえた。

「……カナエ、さん？」

ヒールが効いたのか、カナエの目の焦点はきちんと定まっている。

「私は助けてほしいなんて、言ってない！　――中途半端な憐れみなんて、よこさないでよっ！」

「この、魔物め！　なんという無礼なことを！」

いつの間にか戻ってきていたダントン副団長が怒りの表情で拳を振り上げ、カナエに近づこうとする。それをアンリが左手で制した。

「ここで死ねたら、死んでしまえたら――家に帰れたかもしれないのに！　これは悪夢で、現実じゃないから！　きっと夢から醒めたら、私は家にいるのに……！」

カナエは両手で顔を覆い、悲痛な声で叫んだ。

「こんなの現実じゃない……！　夢なのに、どうして醒めてくれないの……？」

勢いを失ったダントン副団長がそっと拳を下ろす。私は血珊瑚のように赤かった彼女の瞳が、日本人特有の黒い色に戻っているのに気づいた。

何を言っていいかわからなかったけれど、そばに落ちていた木片を拾って、彼女に微笑みかける。うまく、笑えていたらいいけれど。

「……貴女を助けてあげられるかはわからないけれど、私は貴女と話がしたいと思っていたの。ずっと……聞きたいことがあって」

木片で、地面に文字を刻む。

カナエ・タカハシ。彼女の名前の、名字だけを漢字で。

――高橋。

カナエの両目が驚愕に見開かれる。

「カナエって、どう書くのかな？　私には……わからないから、教えてほしいなあって……」

「なんで……漢字を」

「ええと、まあ、私も色々あって」

私の言葉なんてカナエにはほとんど聞こえてなかったと思う。

「香る苗って書いて、カナエって読む、平凡な名前なの……」

ただ、その猫みたいな大きな瞳が、見る間に涙で潤んでいく。

「でも、母さんは、叶うって漢字を使いたかったんだって、本当は」

震える指で私が書いた文字をそっとなぞるカナエ。ぽたぽたと落ちる涙を拭いもせずに、彼女は言った。

「私は……平凡な名前で、平凡な暮らしで、よかったのに……帰りたいようっ……お母さん……」

私達はしばらく無言で……、すすり泣く彼女を見つめていた。

王宮に部屋を用意させた王太子殿下は、そこでアンナマリーが目を覚ますのを待っていた。

私とアンリとレストウィック、そしてあとから来たジュリアンは続き部屋で待機している。

「……殿下？」

「マリー？」

微かな声が聞こえてきたので、私達はアンナマリーが休む部屋の方へと移動し、王太子殿下の背後から彼女を見守った。

アンナマリーの緑色の瞳がゆっくりと瞬き、クロード殿下の背中の緊張が緩む。私は二人を邪魔しないように、そっと息を吐いた。

マリーは半身を起こすと萎れつつ謝る。

「殿下、申し訳ありません。女神の衣装を駄目にしてしまいました」

ドレスは焼けて灰も散ってしまったので、私の魔法でも復元できなかったのだ。

「馬鹿を言うな、マリー。ドレスのために君が危ない目に遭っていては本末転倒だろう。無事でよかった。今はゆっくりと休みなさい」

クロード殿下の言葉にも、アンナマリーは悔しそうに唇を噛む。

「姉上が大切にしていた花冠も焼失してしまいました……」

落ち込むアンナマリーに、クロード殿下が苦笑した。

「ソフィアは君が無事だったことを何より喜ぶよ。しかし、またいつ妨害があるかわからない。儀式は中止だ」

「そんな！」

起き上がろうとしたアンナマリーを、クロード殿下が支える。

「花祭りの中止は民を不安にさせます！　主催者である殿下のお名前にも傷が……」

「傷など構うものか。また今日のように何者かの妨害があったら危険だ。それに、どうしても儀式を行うのならば代役を立てればいい」

アンナマリーは怒りの視線をキッと殿下に向ける。

「儀式の口上や立ち居振る舞いは、一朝一夕で覚えられるものではありません！」

「わかっている。だが、駄目だ。君が火事に巻き込まれかけたと聞いて、侯爵がどれだけ心配したか……マリー、君にはわかるはずだ」

侯爵閣下のご令嬢は二人。

王太子妃だった姉のソフィア様は病気で亡くなっている。

アンナマリーが火事に巻き込まれたと知って、侯爵閣下は卒倒しかけたという。

「花祭り自体がなくなるわけじゃない。城下では祭りを楽しめるし、最後の神事がなくなるというだけだ」

礼拝堂の火事は落雷が原因だった。

そして、カナエが内部に放火をした……エイルの関与があると思って間違いない。

「君の身の安全が第一だ。エイルを確保しない限り、最後の神事は行わない」

クロード殿下の宣言を聞いて、アンナマリーが項垂れる。

二人を見比べながら、私はある提案をしてみることにした。

「あのー……」

言いながら右手をそろり、と上げる。

「その件について、皆さんに聞いていただきたいことがあるんですが……」

注目を集めてから私が思い切って『相談』すると、みな一様に難色を示した。

そして口々に私を止める。

「リーナの身が危険だわ」

「心配してくれてありがとう、マリー。だけど、元は私とシャルルの仲違いから始まって皆を巻き込んだようなものだし、私も役に立ちたいなあって」

そう言って私はにっこり笑う。

『我も手伝ってやるのである！　人間ども、安心せよ！』

私の肩に乗ったみーちゃんも自信満々に言い切った。

うん、あてにしているよ。

私はみーちゃんをポンポンと叩いてから再び口を開く。

「エイルは花祭りを見に来ると思います。それから、自分の一部を取り返しに」

私はクロード殿下の前に立ち、怪訝そうな顔をする殿下を見下ろした。すると、みーちゃんが彼の指を前脚でつつく。正確には、その指輪を。

『――あの魔物と同じ気配は、ここからするのである！』

私がみーちゃんの言葉を訳すと、クロード殿下は自らの指をじっと見つめた。

「魔物の気配だって？　それは、王太子の身分を示す指輪だよ？　もしそこに魔物の一部が封じられてるとしたら、なんだってそんなものに封じたんだ」

レストウィックが呆れたように言った。

「それにこの指輪には、魔力なんてほぼ残っていないじゃないか」

『我はエルフより敏感なのである。わずかな気配でも誰のものかわかるのである！』

みーちゃんが人間みたいに立ち上がって胸を張る。

「……なんでもっと前に教えてくれなかったのさ、ミルドレッド……」

『誰も我に聞かなかったのである！』

えっへんと胸を張ったみーちゃんに、レストウィックも私と同じく、がっくりと項垂(うなだ)れた。

しかし、と気を取り直すと、クロード殿下の指輪を見つめる。

「どうして魔物の一部を、よりにもよって王位継承者の証に封じたのか」

理解できないというように首を振ったエルフの隣で、クロード殿下が指輪に触れた。

「初代国王も皮肉が利いている。裏切った友の形見を傍(かたわ)らに置くとは」

ジュリアンが少し顔を歪めて口を挟む。

「……殿下、初代国王陛下が裏切った側だと決まったわけでは……」

けれど、クロード殿下は静かに言った。

「この指輪は初代国王の持ち物で、代々王太子に託されてきたものだ。元は赤い石の装飾が施(ほどこ)されていたのだと、祖父から聞いたことがある」

彼は銀製の指輪を見つめながら続ける。

「ジュリアンの言う通り、初代国王がエイルを裏切ったかどうかは定かではない。真実はもうわからないが……。何故、この指輪にエイルの欠片を封じていたのか。銀は魔を払うという。聖なる銀で魔を封じて監視をしていたのか……もしくは」

クロード殿下は自嘲するように笑った。

「そばに、置いておきたかったのかもしれないな。友を懐かしんだのか、理由がどうあれ彼を裏切った悔恨からか」

王太子殿下の青紫の瞳が私を見る。

「君の提案に乗ろう。リーナ・グラン」

「ありがとうございます、クロード殿下！」

そこでアンリが口を開く。

「それなら、俺も協力しようかな」

「アンリ？　それは危険だ……私がリーナ嬢と……」

難色を示したクロード殿下とジュリアンにアンリは肩を竦めた。

「殿下が、いえ、兄上が先程仰った言葉をお返ししますよ。兄上がアンナマリーの身を第一に考えるのと同じように、私にとってはリーナの安全が第一です」

きっぱりと言い切ったアンリに私は赤面し、レストウィックは口笛を吹く。

クロード殿下は……呆れているな、多分！

「それに――たまには私にも王家の役に立たせてください。兄上が私を一族と認め、信用してくださるのならば、ですが」

「……そういう言い方はずるいと思うのだが」

「兄上が不遇な私に罪悪感を抱いてくださっているのを……いつもありがたいと思っていますよ」

悪戯（いたずら）っぽく笑うアンリに、クロード殿下が折れた。

「わかった。君達に……アンリと、リーナに頼ろう」

第六章　花に染む

二十年に一度、ハーティア王国の王都では花祭りが開催される。初代国王が魔を払い、女神を助けたという伝承を再現する祭りだ。

初代国王が愛した女神は自分を救済した国王への感謝の証として、この国を実り豊かな土壌に変え、美しい花々で満たした。

彼女は女神の化身だったとされるがその出自は定かでなく、ただ北部から来たことと、花祭りで使用されるエイルの花を好んで身の回りに飾ったことが知られている。

「祝福を！」

本日が花祭りのクライマックスとあって、王都の広場には人があふれていた。広場の中央には国教会の礼拝堂がある。

王族の若い男性が国王役を、上位貴族の令嬢が女神役を務めるのが慣例で、その他にも王都の民間人から選ばれた娘達が花弁を振りまきながら王都中を歩く。

祭りの期間は王都中の民が浮かれ、豊穣と国の繁栄に感謝を捧げる――

「花祭りの祝福を、貴方にも！」

「我がハーティアに栄えあれ！」

幸せそうな人々が一番熱狂したのは、礼拝堂のテラスに初代国王と女神の装いをした若い男女が姿を現したときだった。

二人の男女――クロード殿下とアンナマリーは一瞬姿を見せて手を振っただけだけれど、それでも美しい二人の姿に国民は熱狂した――

「アンナマリー、さっきまで高熱があったんだけど、大丈夫かなあ」

袖から覗いた私にアンリが「演じるのは慣れているはずだから、大丈夫だろ？」とあっさり断じた。治癒術で熱は下げたけれども、やっぱり体に負担がかかる。

エイルが来ても手出しができないようにと、クロード殿下とアンナマリーの出入りする区画には国教会の神官達が結界を張っているそうで、魔導士の皆さんがその警護にあたっている。さっき数人と挨拶したけど、ぐったりしていたな。きっとここ数日の疲労が蓄積しているに違いない。

同じく疲弊しているだろう小柄な美女に視線を移して、私は小声で尋ねた。

「香苗さん、エイルの気配は感じますか？」

黒髪と黒い瞳に戻った香苗は、私の背後から広場を見渡す。それからゆっくりと目を閉じて、何かを探すように数秒押し黙った。

「まだ、ここには来ていないと思う」

そう答える香苗の細い手首には、不似合いな鉄の鎖が嵌められている。これは彼女が王太子殿下の前で事情を語ったときに嵌められた鎖で、嵌めたのはレストウィックだ。

彼は『逃げようとしたら手首が落とされるからね』と忠告していた。

『逃げようとか思わないでね？　うら若き乙女の手首を集める趣味はないし――君のことをシェイ神官が心配していた。昔馴染みの彼女を悲しませたくはないんだ』

香苗は『肝に銘じます』と応じた。

彼女は拘束されてから、『はっきりと全て覚えているわけではないけれど』と言いつつシャルルに……エイルに同行した記憶を話してくれた。

ずっと夢の中にいる気がしていたこと。元の世界に帰りたいと思っていたこと。その悲しい思いにエイルが寄り添ってくれたこと。――エイルから命じられて、儀式で使う礼拝堂に放火をしたこと……

『私の同行者だった国教会の男性職員が行方不明だと聞きましたが。彼は見つかりましたか？』

誰もが避けていた話題は彼女自身が切り出した。

『いいや。亡骸も見つかっていない』

アンリが冷静に答えると、香苗は『そうですか』とわずかに声を震わせた。

『私は、魔物が彼を襲う場面に居合わせ、そしてそれを止めませんでした』

『……貴女が彼に直接手を下していないという、証拠は何かあるのか？』

香苗はきっぱりと首を横に振った。

『いいえ、何も』

それから、覚悟を決めた目でアンリを見返した。

『罰は受けます。でもその前に……エイルが他の人をまだ傷つけようとしているなら、止める手伝いをさせていただけないですか？　私は彼と、つい最近まで同調していました。エイルがそばに来たらわかると思うから』

――そういう経緯で香苗の協力を受け入れ、私達に同行してもらっている。

手首には鎖があるし、何かあればすぐに処罰するという条件付きだったので、飛竜騎士団のダントン副団長とジュリアンが帯剣して彼女の背後に物々しく控えている……のだけれど、ぴりぴりしているのはどちらかといえば彼らの方で、香苗は落ち着き払っていた。

「誰かに復讐をしたい人達にエイルは手を貸していたけれど、私に関しては復讐心よりも望郷の念に共鳴したんだと思う。エイルも帰りたがっていたから」

香苗の場合は日本へ。

じゃあ、エイルの場合は……どこへ帰りたいと思っていたんだろう。

香苗が独り言のように呟いたとき、クロード殿下とアンナマリーが戻ってきた。

「マリー！」

ふらついたアンナマリーをクロード殿下が支える。アンナマリーは大きく息を吸って、すっと背筋を伸ばした。

「私としたことが、殿下の前で失態を」

「まだ熱があるのだから無理はしないでくれ……」

「大丈夫ですわ！」

強情なアンナマリーにレストウィックが杖を一振りした。

近くのテーブルを覆っていた絹のクロスが生き物みたいに蠢いて、ぐるりとアンナマリーを簀巻きにする。

「ぎゃっ！　何をしますの!?　リィ！」

「女神様は本調子じゃないんだから、大人しく寝ていなって」

「きいい！　女神への仕打ちじゃないわ、これは！」

レストウィックがしっしっと手を振り、苦笑したクロード殿下が簀巻き……もとい、アンナマリーを抱えて退場していく。

「リーナ！　笑っていないで助けてくださる⁉」

私が視線を外して笑いをこらえたのに気づいたのか、アンナマリーの怒りの矛先が私に向いた。

「えーっと……お姫様だっこ、してもらえてよかったね」

「お姫様……だっこ？　……言われてみれば……」

一瞬、ぽっとなったアンナマリーは、しかし一瞬で我に返って叫んだ。

「待って？　これって絶対、違いますわ！　リィ！　あとで覚えてらっしゃい！　殿下も荷物みたいに抱えないでくださるかしら！」

「えー。無理ー。僕ってば、お爺ちゃんだからすぐ忘れちゃうなー」

「マリー、じっとしてくれないと重いんだが……」

「ひどいいいいい」

私は笑って三人を見送った。

国王夫妻と、二人の友人の……異人種。

どうしても重ねてしまう。彼らをどこか眩しい感情と共に見てしまうのは、私の中にあるエイルの心と私がどこかで繋がっているから、なのかな。

「エイルの戻りたい場所は、もうどこにもない、か。そうかもね」

「……貴女は？　帰りたいと思ったことはないの？　日本に」

香苗の質問に私はうーん、と首を傾げた。

高橋、という漢字が書ける理由を聞かれたので、自分の前世のことを正直に話した。日本のことを知識としては覚えているけれど、どういう人生を送った、どういう人間だったのかは曖昧なのだ。

「今の私が生きたところじゃないから、それはあまり思わないの。ごめんなさい」

香苗はそう、と前を見た。

「日本とこの世界が繋がっているのなら、いつかは帰れるのかな」

「それは、わからないけど……帰れなくて寂しいときは……その、役には立たないけど、私でよければ愚痴か思い出話は聞けるよ。それくらいしかできないけど……」

私の申し出に香苗は小さく微笑む。

「ありがとう。……帰れなくても泣いてばかりはいられない。エイルは私に共鳴してくれたけど、彼は死者で――。私はまだここで、生きていかないといけないから」

彼女はぽつりと呟いた。そして決意したように言う。

「まずは全部が終わったら、シェイ神官に謝りに行かないと」

「うん、そうだね」

広場の劇場では初代国王の建国の歴史が上演されている。

魔法で増幅された音声が、風に乗って私の耳にも届く。

花祭りで上演される演目は、私だけでなくハーティアの国民なら誰もが一度は見たことがある演目だ。

初代国王が聖剣で敵を追い払い、魔物を倒すというもの。

彼は女神をかどわかした魔物に自ら(みずか)の手でとどめを刺す。

悪者を倒した王様と女神様が実り豊かな国を作り、二人はいつまでもいつまでも、平和に暮らしました――

私達が知っているのは、そういう物語だったのだ。

国王役が聖剣を携え(たずさ)魔物に対峙(たいじ)すると、広場に集まった市民が歓声をあげた。だが、期待に満ちた視線を無視して、国王役の青年が朗々(ろうろう)と声を張り上げる。

『魔物など、どこにもいないではないか』

市民は自分達が知っていた展開と異なるストーリーにざわめき始めるが、女神役の女性は青年の言葉を肯定した。

『そうです。ここに魔物はいませんでした。陛下』

ざわめきが大きくなる。

『はじめから魔物はどこにもいませんでした』

なんだ、どうしたんだ？　と困惑する声も聞こえた。

けれど観客の困惑をよそに、劇は進んでいく。

『――私はただ花を愛でたいと願っただけ。彼は私の願いを叶えてくれただけ。私達は美しいこの花を一緒に眺めたかっただけ。どうか陛下も剣をおさめて花を愛でていただけませんか』

大きなざわめきが波のように広がる。

だけど次の瞬間、わあっと歓声に変わった。女神役の彼女が手を広げたと同時に、その両手から風が巻き起こって、たくさんの薄紅色の花弁が空を舞ったからだ。

『美しい光景だ』

青年は見惚れるように空を見上げた。

曇りない紺碧の空を彩るように、薄紅の花弁が上空へ舞い上がっていく。風を起こしているのはフェリシアや魔導士団の面々だろう。

私の背後で、ジュリアンが深くため息をついた。

「なんとも……むちゃくちゃな展開ですね……勝手に伝承を変えてしまうなんて」

「劇の主役曰く、『兄上に許可は取ったし、たまには変わった解釈で上演するのも面白い』って」

私は答えつつ、その主役を眺めた。

国王役の青年は振り上げた剣を静かに下ろし、ゆっくりと鞘におさめる。

『――皆に、祝福を』

国王役の黒髪の青年が微笑むと、広場のあちこちから花弁が舞う。

青年――アンリはちらりと私を見た。私は頷いて、広場を見渡す。

私と並んでその光景を見ていた香苗が、ふと顔を上げた。

「いた……！」

「エイルが？」

私は香苗が示した方向を見た。広場が見渡せる塔の上に人影がある。人が単独では絶対に登れないほど高い場所だ。

「――ルト！　私を引き上げて！」

私は首にかけていた笛を吹く。ドラゴンにしか聞こえない音が鳴るのだという。

アンリの白いドラゴンが、私のいる建物の屋根からひらりと降りてきた。

『りーな、ぼくがきたよ！　どこにいくの？』

「屋根の上に引き上げて！」

ジュリアンとダントン副団長に合図をした私は、ルトの首にかじりついて屋根の上に引き上げてもらった。

『りーな、あのひと、だあれ？　まえにもあったよー？』

首を傾げるルトをぽんぽんと叩いて、私は不安定な屋根の上に降り立つ。

広場を挟んで対角線上の塔に佇む人影が、広場から意識を外してこちらに顔を向けた。

舞台上では花弁が降り注ぐ中で、演者達が拍手を受けている。

国王役のアンリの微笑みに黄色い歓声があがったのを横目で確認すると、私は塔の上にいる人影――エイルを見る目に力を込めた。

シャルルの姿をした彼の赤い瞳が私を射抜く。

「リーナ、これを」

「ありがとうジュリアン」

窓から身を乗り出したジュリアンから弓と矢を受け取ると、エイルのいる方角に向ける。

緩慢な動作でエイルが手を動かした。

射てみろよ、と挑発するかのように。

「私は治癒師だもの。弓どころか攻撃全般が苦手なのよ」

――だから、射抜くつもりなんかない。

それでも力いっぱい耳の横まで弦（つる）を引き、空に向けて矢を放つ。

レストウィックにかけてもらった魔法のおかげもあって、矢は綺麗な放物線を描いてエイルの方へ飛んでいく。

「飛べ！」

私の狙い通りに、矢はエイルのいる塔の屋根に刺さった。

エイルが大げさに肩を竦（すく）めて矢を引き抜く。そのタイミングを見計らって、私は矢に込めた魔力を解放した。

「甦れ（リバイブ）！」

彼が引き抜いた矢の柄の部分が、私の呼びかけに応じて在（あ）りし日の姿を取り戻す。枯れた木ではない。生きた蔦（つた）が赤々と燃えるような花を咲かせている。早送りをするように咲き誇った花が、花弁を散らしてエイルの頭上に降り注ぐ。

一瞬、呆気にとられたかのように動きを止めたエイルを、私は弓の先で指した。

人間には聞こえない音でも、彼ならば聞き取れる、と半ば（なか）確信して宣言する。

「貴方と同じ名前の花をあげるわ、エイル。女神の代わりに、貴方にも祝福を。彼女は貴方にこそ祝福をあげたかったはずだから」

私達の視線の下に位置する広場では、女神役の女性も魔物を演じていた青年も笑って手を振っている。劇の筋書きに困惑していた市民も、周囲の美しい光景に浮かれ始めた。

「おい、また花弁が空から降ってきたぞ」

「あれは——勇者じゃない？」

「勇者シャルルと、聖女リーナ？」

「王都に帰ってきていたのか！　彼らにも祝福を！」

祭りの演出だと思ったのか、市民が歓声で私達を迎える。

口々に叫んで平和を寿(ことほ)ぐ人々の合間を縫って、花弁がゆっくりと地面へ落ちていき、さながら薄紅の絨毯(じゅうたん)のように地面を覆(おお)い隠していく。

「……綺麗」

私はぽつりと呟(つぶや)いた。

花は満開のときと散り際がいつだって一番美しい。

エイルはしばらく私をじっと見ていたが、何かに気づいたのか、煙のようにすっと姿を消した。

『残念。やはり逃げられたわ――実体じゃなかったのかもしれないけれど』

入れ代わりに塔の上に現れたフェリシアから、石版（タブレット）を通して報告が入った。

彼女の後ろでレストウィックが呑気に手を振っている。

「いいの」

通信を切ったあとに、私は誰にでもなく言った。

「エイルを捕らえられるとは思っていなかったから。ただ……彼にも祝福を与えたかっただけ。それと、宣戦布告かな」

王都の西へ、陽が落ちていく。

地面を覆（おお）う薄紅の花弁は、斜めに差し込む橙（だいだい）の陽に染まり、やがて夜の蒼に染まる。

花祭りの夜はゆっくりと更けていき――

残すところは最後の神事だけとなった。


花祭りの神事については、護衛という名目でアンナマリーに同行していたときに彼女が詳しく教えてくれた。

国王役の王族の青年と、女神役の娘が国の繁栄を寿（ことほ）ぐのだと。

儀式の手順も、私は覚えている。

目深にヴェールを被った女神が、礼拝堂の中央を祭壇に向かって歩く。

暗い礼拝堂の中を、両脇に掲げられた精緻な燭台がともす。

女神は祭壇へ続く身廊の途中で、金色の髪をした国王役の青年の手を取る。

祭壇の横では神官や、儀式の立会人たる侯爵閣下が並んで二人を待っていた。列席者はみな無表情で儀式の進行を見守っている。

主役の二人は足音を立てずに祭壇の前へ立ち、作法に従って祈りを捧げ、交互に言葉を述べた。

「春の訪れに感謝を。あまねく恵みが空から降り注ぐように」

「一粒の実は地に落ち、やがて朽ちても」

「豊かな命が芽吹き、この大地を満たすように」

「我らの国に春が必ず巡り来ますように——」

青年が花冠を女神の頭上に掲げて、ヴェールの上からそっと被せ、皆で祈りを捧げて祝う。

儀式用の宝石で飾られた花冠ではない。

エイルの花で作られた質素な花冠だ。

そして国教会の神官が儀式の終了を宣言しようとした刹那（せつな）――

ふっ、と。

両脇の燭台（しょくだい）に掲（かか）げられた灯（ともしび）が、風もないのに一斉に掻き消えた。

「灯りをともせっ」

ジュリアンが叫んだのを合図にしたかのように、暗闇の中で雷鳴が轟（とどろ）き、大きな音と共に近くに落ちる。

落雷の音に驚いて、女神役の女性はその場にへたり込んだ。

そして再び灯りがついたとき、国王役の青年が蹲（うずくま）っているのが見えた。

「殿下！」

ジュリアンが駆け寄って彼を支え、睨（にら）むように見上げた先に『彼』はいた。

金色の髪に血のように赤い瞳をした青年が、静かに『私達』を見下ろす。

「洒落（しゃれ）た文言を唱えたところで乱入して悪いが。春なんて訪れない、我が友の末裔（まつえい）よ。ここで朽ちて永遠に――呪われるがいい」

それと同時に雷鳴が轟（とどろ）いて、すさまじい音量で何かが屋根に落ちる。きゃあ！　と誰かが叫んだ。

――雷がまた落ちたのだ。

開け放たれていた扉がバタバタと音を立てて閉まる。

「灯りよ！」

ジュリアンの叫びで礼拝堂の中が明るく照らされた。

儀式の立会人である数人の神官と、侯爵閣下をはじめとする貴族達は逃げようと扉に突進した。落雷した屋根からは焦げた匂いが漂い、ぱちぱちと火が爆ぜる音が聞こえる。しかし開かない扉に焦れた声をあげて彼らは逃げまどう。

エイルは笑った。

「大丈夫だよ。僕の用事が終われば、すぐに君達も片付けてあげる」

「用事……？　なんのことだ！」

ジュリアンが倒れた殿下をかばうように立つ。エイルは片眉を跳ね上げ、冷たい目で睨んだ。

「エルフ混じりを苛めるのは気が進まないな。退け」

突風がジュリアンを押し退けて壁に叩きつける。

エイルは軽い音を立てて、トン……と地面に舞い降りた。悠々とした足取りで殿下のそばに寄ると、薄く笑い、蹲った殿下に視線を定める。

「大した用事じゃない。僕の一部を返してもらいたいだけ。はるか昔に僕が受けた仕打ちを――同じように味わわせてやりたいだけ。ささやかな望みだろ？」

そして腰に佩いた長剣を抜き――

後ろに跳び退った。

「――おまえ！」

エイルの顔が歪む。

蹲っていた『殿下』は素早く短剣を抜くと、エイルに斬りかかった。短剣はむなしく彼の袖だけを切り裂くが……

「やあ、エイル。よく会うよな、最近」

立ち上がった青年――アンリは、頭から金髪のウィッグを外すと、にこにこと笑った。

「おまえ――アンリ！」

「王太子殿下と、背格好と声はよく似ているって言われるんだよ。いい加減、俺の顔を覚えてくれよ。シャルルの顔で知らんふりされると結構、傷つく」

アンリが再びふるった短剣を避けるように、エイルが後ろに一歩下がった。それを見計らって、女神は――否、女神の衣装を身にまとった私は、花冠を手にして声高に叫ぶ。

「――甦れ！」

元は棘のある蔦だった花冠は、手折られる前の姿を取り戻し、エイルを拘束しようとする。彼は舌打ちをして長剣で蔦を切り裂く。

「……リーナ」

不快げに歪められた表情は、シャルルと同じ作りだけど、どう見ても別人だった。

私はヴェールとウィッグを外した。

エイルは鼻を鳴らし、それから静まり返った周囲に気づく。

先程まで悲鳴をあげていた神官達は、口を閉ざして微動だにしない。

それどころか――彼らは嘘のように消えて、ただの人形になっていた。

ただパチパチと、どこかで火が爆ぜる音だけが聞こえる。

「……人形？」

エイルの小さな呟きに、少年のあどけない声が答える。

「そ！　僕の試作品の人形達を総動員して術をかけて……、儀式のギャラリーは僕の作った幻影でお送りしましたあ！　ってわけ。僕の幻覚に惑わされるなんて――エイル、君って案外、大したことがないんじゃない？」

レストウィックは新調した杖をくるりと回して突きつけた。

「それとも、魔力が尽きそうだったりするのかな」

その挑発にもエイルは顔色を変えない。

「ここには、王太子は来ないわ」

　王太子クロード殿下は、自分が儀式を行うのは危険だと言っていた。もし予定通り遂行するとしても、代役を立てると。

　だから私は殿下に提案したのだ。

　アンナマリーの代役を、儀式の手順も知っていて、かつ自分の身を自分で守れそうな私が務めてはいけないだろうか、と。

　そして、王太子殿下の代役はアンリが務めてくれた。

　アンリはともかく、まがい物の女神が行う儀式に本物の貴族や国教会の神官を列席させるわけにはいかない。

　代理としてレストウィックの人形が、人間のフリをしてくれたというわけだ。

「君は王太子に危害を加えたかったかもしれないけど、僕にはそんなことを許す義理なんてないしね。一応、僕の友達だから、不審人物からは遠ざけてやらないと」

　レストウィックが嘯（うそぶ）くと、エイルは少年姿のエルフを嘲笑（ちょうしょう）した。

「友？　愚かな。類（たぐい）まれな魔力を持った『人でないもの』が王族に利用されているだけだと、何故気づかない！」

「褒めてくれてどーも！　そうとも。僕は類（たぐい）まれな天才だ。でも、悪いけど僕は君じゃない。勝手に自分と重ねて苛立つの、やめてくれない？」

レストウィックは杖を構え直した。

その横にアンリが並ぶ。

「兄を狙うのもやめてもらおうか。シャルルの友は、兄じゃない。俺だろ？」

二人の背後にはジュリアンがいる。

先程吹き飛ばされたせいでどこか痛むのか、少しだけ顔をしかめていた。

「王太子殿下は来ない。エイル、貴方が彼に会いたい理由はあっても、王太子殿下の方は貴方に会う理由がないから」

私の言葉にエイルは鼻白む。そのエイルに向かってアンリが言う。

「俺達は、おまえに会う理由があるけどな」

アンリはエイルに対峙して長剣を抜いた。

「そろそろシャルルの体を返してもらおうか！　幼馴染の体を、いつまでも好きに使ってもらっては困る！」

長剣を振りかぶって力の限りに振り下ろし、エイルがそれを受け止める。

レストウィックが援護しようと叫んだ。

「風よ！　切り裂けっ」

「くっ」

腕を顔の前に掲げてエイルは耐えたけれど、魔力の盾を突き破った刃がわずかに頬を切り裂いて、血が滲む。

劣勢と見たのかエイルは高く剣を掲げた。

「レストウィック、避けろ！」

アンリの声と同時に窓の外が光る。

すさまじい音が鳴り響いて、光がレストウィック目がけて矢のように落ちる。

ぎょっとしたように一瞬だけ固まりかけたエルフは、次の瞬間にはジュリアンに半ば抱きかかえられるようにして床に転がっていた。

「……っ！　危ないなあっ。バカの一つ覚えで雷なんか落としやがってっ！」

「貴方が無駄な挑発を繰り返すからでしょうが！　大人しくしてください！」

ジュリアンは悪態を吐きつつもレストウィックを素早く立たせた。

椅子に燃え移った火にエルフは盛大に舌打ちをして、礼拝堂の窓にかけられた分厚いカーテンを空気の刃で切り裂くと、炎に覆い被せて消火を図る。

二人が炎の処理をしている間も、アンリはエイルと対峙していた。

「言っとくけど、なあ！」

アンリとエイルが打ち合い、金属音が響く。
エイルが容赦なく横に薙いだ剣先を、アンリは飛び退いて避けた。エイルの攻撃には
ためらいが全くない。
アンリは体勢を整えながら長剣を左右に振り、構え直した。
「俺がシャルルと打ち合って、負けたことはないからな……負けを認めるなら今のうち
だ！」
「大事な友達の体に、怪我をさせたくはないだろ？」
甲高い音を立てて二人の刀身がぶつかる。力の拮抗した二人の間で軋んだ音を立てる
刃越しに、近距離でエイルと向き合ったアンリは白い歯を覗かせた。
「そうでもないぜ？　いつまで寝てるつもりだ、シャルル。そろそろ殴って無理やり起
こしてやろうかと思ってるところだよ！」
「……うる、っさい！」
アンリにやや押され気味になったエイルは苛立ち紛れに舌打ちし、一度剣を引いて背
後に飛び退く。
「逃がすかっ！」
アンリが怯んだエイルを追って、素早い一撃を繰り出す。

「くっ」

エイルはアンリの剣を右手の長く伸びた爪で受け止め、左手の爪でアンリの手首をえぐった。傷が深かったのか血が滴っている。

「アンリ！」

思わず叫んで駆け寄ろうとした私を、アンリが視線で制した。

「大丈夫だ、むしろ願ったりだよっ！」

鋭い爪が再び襲いかかるのを、アンリは笑いにも似た表情で見ながら、逆にエイルの爪を握り込む。

「なん、のつもり、だ……！」

「……そんなに俺に傷をつけたいんなら、どうぞお望みのままに、ってことだ」

血の玉が浮いた掌から次第に血があふれ出す。

王の血を引くアンリの血には魔力がある。その血はエイルの分身だったアンガスの魔物にとっては毒だった。人間の体を借りていたとしてもエイルには……

「ぐあっ！」

アンリの血が付着した右手を抱えてエイルが叫ぶ。

瞳が赤から青に変わり、『彼』はひどく苦しげに、頭を抱えて呻く。

その表情だけで誰だか、私達にはわかる。私は『彼』の名を呼んだ。

「シャルルっ!!」

「……りぃ、な……あん……り？　ちが、……う」

ふらりとたたらを踏むシャルルの腕を引き寄せたアンリが、シャルルの胸ぐらをつかんで耳元で叫ぶ。

「いい加減にそろそろ起きろよシャルルっ！」

「違うっ！　僕はシャルルじゃない……触るなっ」

激しく頭を振って、再び瞳の色が赤くなったエイルが、何かを振り払うように腕を動かす。二人は揉み合いになり、エイルを押さえ込んだアンリは、胸元から出した短剣を私に投げてよこした。

「リーナ！」

「わかってる」

私がアンリから受け取った短剣を鞘から抜き放つと、虹色の刀身が鈍く光を放った。

その切っ先をネックレスに引っかけて鎖を断ち、ネックレスに通していた銀の指輪を掌の上に乗せる。

それを強く握り込んで息を吐く。七つの竜があしらわれた銀製の精緻な工芸品は、王太子殿下から預かったものだ。

国教会の神官が施（ほどこ）してくれた簡易的な封印を解くと――まだ苦しげに呻（うめ）いていたエイルが、びくりと肩を震わせたのがわかった。

『君の好きにしたらいい。指輪は所詮、ものだ。形のあるものは必ず崩れる』

クロード殿下は私に指輪を託しながらそう言ってくれた。

王太子殿下の言葉を思い出しながら、アンリの短剣を握りしめる。

それから、相棒を呼んだ。

「みーちゃん！　お願い！」

『やっと出番なのである！』

天井近くに潜んでいた黒猫殿下は、背中にくくりつけられた荷物と共に私の前に現れた。私は丁寧に絹で包まれたその荷物をみーちゃんから受け取る。

絹の中から出てきたのは小さな、古びた、でも美しい女神の像だった。

「……っ、何を――」

エイルが慌てたように叫ぶ。

私が女神像に短剣を突き立てると、まるでバターのように易々（やすやす）と像は二つに分かれた。

エイルの赤い瞳と同じ色をした宝石が転げ落ちるのを、ゆっくりと拾う。

寂しい子供と友達になった孤独な魔物は
長じた彼と袂を分かち
その精神を闇に落とし
体を裂かれて封じられた

一つは彼の愛した東に
一つは彼らが出会った南に
一つは愛した少女を模した女神像とともに北へ
最後の一つは、かつて子供だった西の王の手元に
長い時を超えて、赤い石はそこにあった
裂かれた理由を、もはや知る者もなく

私は銀の指輪と赤い石を共に手にして短剣を取り出す——エイルが嫌う材質でできている美しい刀身がきらりと光をはじいた。

「……やめ――」

私が身を翻すと、エイルがそれを追うように立ち上がった。誘導されて『目的の位置』にふらつきながらたどり着く。

彼がそこにたどり着いたことを確認して、火を消したあとは、私の背後に控えていたレストウィックに合図をした。

「レストウィック！　お願い」

「わかっているって！」

「何、を！」

レストウィックが呪文を唱えると、エイルの足下に魔法陣が浮き上がる。

私はありったけの魔力を込めて短剣を振りかざし――

「古の同胞よ、我にその力を貸して！　そして、全てをあるべき姿に戻せ！」

その短剣を指輪と赤い石に突き立てた。

カツンと強い衝撃が手首に走るかと思ったが、指輪はまるで砂のように霧散して跡形もなく消えていった。

私は指輪と石に込められたエイルの力を借りて――叫んだ。

「回帰せよ！」

全てを戻して、エイルからシャルルを取り返す。

私の叫びに呼応するかのように、礼拝堂の中がアンガスのときのように真っ白な光に包まれた。

白い光の塊が、散り散りになって音を伴い散っていく。

ちりちり、ちりちりと。

小さな音の残響が赤い影を連れて地上に落ち、そして染み込むように消えていく。

花のように、地面を飾って。

光の中で、誰かが囁いたような気がする。

『ねえ、見て。綺麗な花でしょう？　いつまでも咲くのよ。私がいなくても、貴方がいなくなっても。ずっと……』

しばらくの沈黙のあとに……私はうっすらと目を開いた。

短剣を握りしめたまま、まばゆい光が収まるのを待っていると、そこには苦しげに息をするシャルルの姿があった。

「シャルル——！」

「リーナ、来るな！」

シャルルが私を制止する。

失敗だったのかと青ざめた私に、シャルルは微かに笑って長剣を構えた。

「……アンリにも、リーナにも心配かけて情けないや」

「シャルル。そんなことはいいから、大丈夫か？」

近づこうとするアンリをもシャルルは拒絶する。

「……まだ、ちょっと、エイルは中に、いる、みたい。しつこいね」

シャルルがふわりと笑って長剣をかざす。

その動きがあまりにゆっくりと自然だったので、私とアンリは呆気にとられて動けなかった。

シャルルは自分の長剣で——いつかよみがえる魔物を倒すことができるという聖剣で、ゆっくりと自分の脇腹を——刺した！

『つがああああああああああああああ』

シャルルの口から人ではないものの声がして、アンガスの洞窟で一番初めに見たような、黒い塊(かたまり)が彼の体から分離した。

「シャルル！　シャルル！　いきなり何をするのよ！　馬鹿！」

「いや、聖剣を正しく使っただけだよ。……今まで、なんの役にも立たなかったけど。ほんの少しでも役に立ったのかな、これも、僕も」

私が駆け寄ると、青い顔をしたシャルルが「痛い……ほんと死にそう……」と脂汗(あぶらあせ)を浮かべながら倒れ込んだ。

レストウィックが右手を上げて合図すると、それまで部屋の隅に待機していた香苗が、シャルルの治療をしてくれる。

私の魔力は、もうほとんど残っていない。

彼女が来てくれてありがたい。

「あ、あれ？　カナエ。無事だったんだね。や、また会えて嬉し……」

「うるさい、気が散るから黙って。治療の邪魔」

おどけようとしたシャルルに香苗が吐き捨てるように言った。

香苗の塩対応に（多分、これが彼女の素なんだろうけど）、シャルルは「はい……」と大人しく従う。

私はほっと息をつく。

それからゆっくり立ち上がり、消えそうになっている黒い魔物に……いいや、エイルに近づいた。

人影のような、黒い霧のような曖昧（あいまい）な姿で彼はそこにいた。

「エイル……」

何か言いたげな香苗を嘲笑（あざわら）って、エイルの影が揺れる。

『君にはがっかりだよ、カナエ。せっかくおまえを助けて、おまえに害をなす男を殺してやったのに……僕の役には、少しも……立たずに』

香苗がキュ、と唇を噛んだ。悔しいからではない。きっと。

私だけでなく皆が、彼の言葉の意味を察したはずだ。

エイルは、香苗の同行者を『自分が』殺したと言った。香苗ではなく……

『馬鹿馬鹿しいこと、ばかり……だ』

かろうじて人形（ひとがた）を保っている左の半身は、いつか夢で見た彼の記憶そのままに、まだ十代半（なか）ばの少年に見えた。

エイルは……怒りも恐れも消えた表情で、ただ虚空（こくう）を見つめている。

私は彼のそばにそっとしゃがみ込んだ。

アンリが気遣うように私の背後に控えている。その手には短剣を携（たずさ）えて。

しんと静まり返った中で私は尋ねた。

「ねえ、エイル。……行く先々で、行動のヒントをくれたのは何故？　花の名前のことや、貴方が封じられた場所のこと」

本当に王家に復讐したいだけなら、そんなことを明かす必要なんてなかったはずだ。

それを私に教えたのは、知ってほしかったからではなかったのか。

「国王のこと、女神のこと。それから貴方がいたことを知ってほしかったから？」

エイルは表情を変えず、何も答えなかった。

彼の体がまたぐにゃりと形を変えて霧散(むさん)しようとしている。私は胸元にしまっていた種を取り出した。

そっと念じて、種になる前の花に戻す。

エイルの花だ。

王都に咲く優しい色の花弁ではなく、赤い血のような原種の花。

いつか見た、エイルと女神の別れ際を思い出す。

『再会するときまで、僕の代わりに愛(め)でていただければ幸いですよ、王妃様』

『だったら、王宮の庭に貴方と同じ名前の花をたくさん植えるわ。貴方が来るまでには庭園が花であふれるわ。どうか見に来てね？　素晴らしく美しいから』

『……行かないよ、王宮なんて』

『いいえ、エイル。貴方はきっと来てくれるわ。エイルはいつも私との約束だけは、絶対に守ってくれるもの』

私が呪文を唱えると、今を盛りとばかりに開いた花は、ふわふわと彼の上に花びらを散らしていく。

降り注ぐ、雨のように。優しく柔らかく……

「私は貴方と国王夫妻の間にあった確執を知らない。真実はわからない。けれど……大切な人達と一緒にいられなかった寂しさは、わかるよ」

アンリが私の肩に手を置くので、私は右手を重ねた。

シャルルが私の横に座り込む。

「ねえ、エイル。貴方の大事な王妃様に、貴方はただ伝えればよかったね。意地を張らずに、大切だって――。みな貴方を裏切ったかもしれないけれど、王宮には貴方の名前の花がそこかしこに咲いているわ。王妃様が自身でこの花を王宮に植えたから。女神だけは……いいえ。貴方の愛した少女だけは、貴方との約束を覚えていたんだと思う」

ほぼ黒い霧になった少年は皮肉に……吐息だけで笑った。

『ちっぽけな、約束だ……取るに足らない……ばかばかしい』

そうだね、と私は頷く。

「けれど貴方には大切な約束だったんでしょう？　それは、わかるよ」

私の言葉にエイルは答えなかった。

「私もそうだったから」

ただ虚空を見つめた瞳からも色が失われていく。

透明になっていく少年を、私達は息をひそめて見守っていた。花祭りの喧騒も止んで静かな礼拝堂に、どこからか風が歌のように聞こえてくる。

アンリがそっと短剣をかざし、エイルに触れると……黒い霧はもはや跡形もなく。


夜に同化して、やがて消えた。

エピローグ　あざやかに、前を向いて

ガタン、と馬車が揺れた。

「本当によかったの、リーナ」

「なんのこと？　シャルル」

王都を慌ただしく旅立ってから数日。

馬車に揺られてアンガスの街へそろそろ到着するという頃、馬車の中で私と向かい合うシャルルはため息をついてから私に尋ねた。

「この問答、何度目？　何回聞かれても答えは同じなんだから」

「ふーん……？」

シャルルは目立たないように、と染めたばかりの茶色の前髪を「落ち着かないなー」といじりながら聞いた。

「大事なことだと思うから何度も聞いてるんだけどなー」

「聞こえませんっ」

「……やれやれ」

青い海のようだと褒められていたシャルルの瞳は、左右の色が違っている。

右目は何故か赤のままで、すれ違っても彼がシャルルだと気づく人は少ないだろう。

傷を癒したシャルルは全ての権利と報酬を返上して、その代わりに新しい苗字をもらって私と一緒にアンガスへ向かっている。

王都を出発するときにも『ひょっとしてシャルル様？』と声をかけられ、『よく似ているって言われるんですよねー』と調子よく返していた。

「せっかく会えたのに」

う……と私は一瞬口ごもって、それから首を横に振った。

「いいの！　――会えたのは嬉しかったけど、私はアンガスの街に家があるし。仕事もあるし。そこで自立して生きていくんだから！」

シャルルが左右色違いの瞳を細めて、再び「ふーん」と私を眺めた。

「何、その目！」

「意地っ張りは幸せになれないと思うよー。大切な人に大切なことはちゃんと伝えなきゃいけない！　……んだろ？　意地っ張り」

「う……」

エイルに偉そうに言った手前、否定がしづらい。

シャルル曰（いわ）く、エイルと共に体験した記憶は、全部自分の中にあるらしい。

なかなか得難い体験だったよ、と嘯（うそぶ）いていた。

「シャルルはあのまま王都にいればよかったじゃない。飛竜騎士団（ドラゴン・ナイツ）から入団許可をもらえそうだったんでしょう？」

私が言うと、シャルルは肩を竦（すく）めた。

「さすがにあれだけ王都の観光地を破壊した手前、いづらいよ。それに元々、剣技って好きじゃなかったし、勇者シャルルはおしまい。僕もやりたいことをのんびり探すかな。料理人とかやりたかったんだけど、ギルドで募集してないかな」

『まずは我の子分になるのである！　ご飯を作るのである！』

『ミケは生のおさかなさんがすきなのにゃー』

「わかった、まずはミケちゃんとみーちゃんのご飯を作ろう」

足下からぴょんと現れた猫ズがシャルルにまとわりつく。不思議なことに、動物の言葉は私もシャルルもわかるままだ。

シャルルの目や、私の能力や、壊れたクロード殿下の指輪や。

エイルの爪痕は少しずつ残っているけど、やがてゆっくりと消えていくんだろうな。

「カナエにふられたからアンガスについてきただけなんじゃないの？」

私が意地悪く聞くと、シャルルはがしっとみーちゃんを抱きしめた。

「ふられてない！　何も言われてないからふられてない！　カウントしない！」

ミケちゃんが『めいわくな男だにゃー』と尻尾を揺らしたのでシャルルはがっくりと項垂れ、みーちゃんは『元気を出すのである、下僕よ！』と慰めている。

「いつのまに下僕にされてたの？　僕……冗談はともかく、カナエも王都にはいづらいだろうから一緒に来ないか誘ったんだけどな。断られちゃったけどさ」

香苗はフェリシアと共に魔導士団に残ると言っていた。

私達の証言で殺人の容疑は晴れたにしろ、国教会にはいづらくなった彼女を魔術士団が『監視』するらしい。

なんだかんだと面倒見のいいレストウィックが『訳ありが一人増えたところで問題ないよ』と言っていた。

香苗にもまた、会えたらいいな……

物思いにふけっていたら、馬車が止まった。

「どうかしたんですか？」

私が御者に尋ねると、彼は困惑した表情で答える。

「アンガスの新しい領主様が通るので、止まってくれと言われまして。その……お二人に挨拶をしたいそうで」

アンガスの新領主？

私とシャルルは戸惑いながら馬車を出て、『新領主の部下』だという人の姿に、あっと声をあげた。

「お急ぎのところを申し訳ありません。私の主が挨拶をしたいと申しております」

涼やかな声にも覚えがある、というよりも先日別れたばかりだ。

「ジュリアン！」

童顔の子爵様は「お久しぶりです」と言って口の端を上げた。

そんな彼の背後からにこやかに現れた、長身の青年は——

「……アンリ！」

「奇遇だな！　リーナ、シャルル。俺もアンガスに向かっているんだ」

叫んで狼狽した私とは対照的に、シャルルがのほほんと聞いた。

「奇遇といえば奇遇だけど。アンリがどうしてここにいるのさ？　王太子殿下のもとで働くんじゃなかったの？」

シャルルの問いにアンリはにやりと笑う。

「──アンガスの領主は高齢で、任を解かれて王都に戻った。そしてこのたび俺が新領主に任命されたんだ。ギルドと領主の関係は深い。これからもよろしくなリーナ」

「えええ！」

私は戸惑いつつ、アンリの背後にいるジュリアンを見た。ジュリアンは『諦念』と書かれた表情のまま、私に聞く。

「実は王都を出るにあたって、王太子殿下からリーナへの伝言を預かったのですが、聞きますか？」

「……き、聞きたい……」

「弟に根負けした。君も頑張ってくれ、とのことです」

──丸投げだ！

「アンナマリー様からの伝言もありますが、こちらは？」

ジュリアンが胸元から出した冊子に、私は思わず目を剥いた。

「なんで伝言がそんなに分厚いの？」

「アンリ様へのアプローチ用の脚本を書いてみた、だそうですが……読みますか？　パターンがいくつもあるようですよ」

また勝手に！　人をダシにして遊ぶんだから！

「えーっと……一応ください」

「なかなか傑作でしたよ？」

　読んだのか！

「というわけでリーナ。私もしばらくアンガスにおりますので、どうぞよろしく」

「アンリを止めなくていいんですか⁉」

「……残念ながら、アンナマリー様とアンリ様はこのたび正式に婚約破棄をされまして、アンリ様を止める理由が私にはなくなりました……王太子殿下も反対なさっていませんし……若者同士、好きにすればいいんじゃないですかね？」

　はあ、とジュリアンは深くため息をついた。

　――丸投げだ！

　アンリはふふん、と鼻を鳴らす。

「アンガスの領主になるよう任じられて、三年の猶予をいただいた。任期が終わるまでにリーナを口説けたら俺の勝ち」

　シャルルがやれやれ、とでもいうように頭の後ろで両手を組んで背伸びした。

「結果は見えていると思うけどなあ。諦めなよリーナ。大体いつもリーナはアンリの策略にはまるんだからさー」

「そうそう、人間諦めが肝心」

『小僧、遅かったのである！　早く我を抱っこするのである』

馬車から顔を覗かせていたみーちゃんとミケちゃんが、ぴょーんと飛んでアンリの背中に飛びついた。

『これで、みんな揃ったのである』

『おうちにかえるのにゃ』

「行こうぜリーナ！」

喜色満面のアンリと猫ズに見つめられて、私はあーあと頭を抱えた。

アンリが領主としてアンガスに来て、シャルルもいて、私はギルドに就職して。

どう考えても『のんびり』とは程遠い生活が待っているのは目に見えていた。

「じ、人生設計が、くるう……スローライフが……気ままな生活が」

呻く私にアンリが笑って手を差し伸べる。

「私は絶対王都には行かないし、スローライフを送るんだから！」

毒づきながらも、どこか心が浮き立つのは否めない。

「新生活に俺がいても、全然困らないと思うぜ。むしろ楽しいだろ！　アンガスの街でゆっくりやろうぜ」

「なんかちがーう！　勝手なことばかり言って！　もう！」

「これからもよろしくな、リーナ！」

アンリが笑って私の右手を引く。勢いあまって抱きしめられて、頬に素早く唇が触れるだけのキスをされた。

「アンリっ！」

「気をつけろよ、リーナは隙が多いから」

あまりに邪気のない笑みに私もつられて笑ってしまい、仕方ないか、とアンリの手を握り返した。

そうして私達は互いに不敵に見つめ合う。

「いいわよ。三年。賭けは私が勝つんだから。王宮なんか行かないもん」

「その決意はすぐにひっくり返してやるからな」

しばし視線を絡ませて、私達は同時に噴き出した。シャルルがやれやれと肩を竦める。

とりあえず、行きますか！

目指すべきアンガスの方向を私は指さす。

私達は明るい初夏の陽差しの中を、にぎやかに歩き出した。

書き下ろし番外編

彼と彼女のこれからについて

「俺は断固として反対する！　婚姻前の男女が一つ屋根の下で暮らすなんて！」

アンガスのギルドの最上階。青年は熱弁をふるいつつ、ダン、とテーブルに手を置いた。発言の主は私の幼馴染でアンガスの領主。伯爵にしてさらには国王の私生児というきらびやかな肩書を持つアンリ・ド・ベルダンである。

私はホットチョコを飲みながらアンリを見つめて半眼になっていた。頭が痛いなあとこめかみを揉みつつ、お気に入りのソファに身体を沈める。

買ってよかったなあ、このソファ。素敵な座り心地だ。

「リーナ、聞いているのか！」

「なんの話でしたっけ？」

季節は夏にもかかわらず、ホットチョコを飲んでも暑く感じないのは、私が床下と壁に埋め込んだ魔法石による温度調節機能の賜物だ。許可を得て改造したおかげで、この部屋は冷暖房完備のかなり快適な居住空間だ。

王都で諸々のことが終わって、アンガスに戻って三か月。

私はギルドで受付兼、物品販売を行いつつ楽しく過ごしている。体調が戻ったシャルルも「ギルドを手伝おうかな」とギルドで働くことを希望した。

部屋も、もう一部屋あるので「ちょうどいいんじゃないか」と勧めたんだけど、——思わぬ問題が生じた。

「絶対よくないからな！」

話を聞きつけた現領主のアンリが、強固に反対したのである。

「今更、何の意味もないよ。冒険中は一緒に野宿していたんだし」

がうがうと唸るアンリを冷たく見下ろし、シャルルは私の横に座った。

集まった人間たちに興味をそそられたのか、黒猫のみーちゃんがタタンと軽やかな足音と共に私の肩の上に乗ると、甘えてにゃっ、と短く鳴いた。

『アンリはなにを怒っているのである？』

みーちゃんに小魚のおやつを与えつつ、シャルルが肩を竦めて説明した。

「解説してあげよう、ミルドレッド。ベルダン伯爵はね、リーナと僕が一つ屋根の下で友好を深めることにお怒りなんだ。幼馴染の僕が困っているのに、冷たい奴だよな！」

『男の嫉妬は醜いのである！　にゃー、小魚美味しいにゃ』

みーちゃんはアンリの肩に飛び乗り、尻尾で顔面をはたきながら『にゃう』と鳴く。

「……なんか、ものすごく馬鹿にされている気がするんだが？」

アンリが渋面になり、猫の言葉が理解できるシャルルはにやにやと笑う。

「当たり。『情けない男なのである！』て言っているよ。僕も同意しとこ」

ぐう、とアンリが眉間に皺を寄せたところで、私の石版が淡く光る。画面からは男性の声が聞こえてきた。

「夜分に申し訳ありません、リーナ」

「ジュリアン！　どうしたの？」

私が通信に応答すると、アンリの側近は苦笑した。

「アンリ様の石版が繋がらないので。そろそろ戻るよう伝えていただけますか？」

ジュリアンの言葉は、もちろん同じ部屋にいるアンリにも届いている。居留守を使ったな、と呆れていると、アンリはきまり悪げにそっぽを向いた。

「仕事は片付けてきたし、自由時間なんだから何しても構わないだろ？」

「帰らないなら、夕方以降は二度と家に入れないからね」

アンリはちぇ、と少しだけ拗ねてベランダに出た。ピィと小さく笛を吹くと、ドラゴンのルトがご機嫌で庭からベランダへ飛んできた。

『リーナ！　またあそびにくるねえ！』

「また明日来るからな！　リーナとシャルルの同居の話は、また今度だ！」

ルトに颯爽(さっそう)と騎乗してアンリが言い放つ。もう、勝手なんだから！

私はベランダにもたれながらシャルルを振り返って、言った。

「アンリの言葉は気にしなくてもいいからね？　いつ引っ越してくるの」

シャルルは笑って答え、手の中の果実酒をあおった。

「明日には――っていうか、アンリを気にしてあげたら？　寂しいんだよ」

「寂しい？」

「リーナを追っかけてアンガスに来たのに、リーナ、塩対応だし。忙しい中会いに来ても優しくないばかりか、僕と一緒に暮らそうと言っているし。拗(す)ねる気持ちはわかる」

私は目を泳がせた。

「領主様が、おかしな発言をするからよ。こんなところに来るのだって本当は……」

シャルルは何を思ったのか、ぺし、と私の額を指ではじいた。

「こんなところって。大事な職場で大事な家だろ。――気を回しすぎて意地を張るのは悪い癖だよ、リーナ。アンリが毎日のように遊びに来てくれて、本当は嬉しいんだろ？」

「……痛っ、嬉しくなんてない……こともないけど」

シャルルは果実酒の入った杯を月に掲げてあおった。それから街を見下ろす。

今夜はいい月が出ていて、街も明るくて、いつもより人の動きがよく見える。

ギルドの近くは飲食店町だから、人通りが深夜まで途切れないが。笑い声、大声で喧嘩する声。人々の生活音が風に乗って耳に残って、心地いい。私たちは他愛もない世間話にしばし興じ、会話が途切れたときに、シャルルは話を蒸し返した。

「アンリも焦っているんじゃないかな？　領主としてアンガスにいられるのは三年しかないわけだし。リーナにここで逃げられたら、もう一生会えないかもしれない……」

「アンリは大事な幼馴染だけど、そんな風に思ったことないし、身分が違うよ」

言葉にしながら、口調が弱いな、と思った。そして最後の言葉が自分に突き刺さる。たとえアンリが私を好きだと言ってくれても、彼の立場に気後れしてしまうと言うのが本音だ。口に含んだチョコレートは甘いはずなのに、苦味を感知しちゃうのはどうしてなのかな。

シャルルは意地の悪い目で、私を見た。

「僕の友達の話なんだけどさ、自分は魔族だし、成長しないし、そばにいるのは相応しくないからって、大好きな女の子と距離を置いて、……死んでからも後悔していた」

それが誰の話なのかは、確かめるまでもない。

シャルルを乗っ取っていた大昔の魔物、エイルのことだ。

「どんなに近くにいても、大切でも、離れるときは、あっと間にいなくなっちゃうよ。僕も明日はリーナのそばにいても、一年後はわからないしね」

一度いなくなったシャルルの言葉だと、なんだか重みがあるな。

「シャルルはどこかに行きたいの？」

「そうだね。僕は今まで流されすぎていて、自分で考えて行動したことがなかったからなあ、ゆっくり、考えるよ。僕は『ずーっと』はリーナのそばにいないからね？」

たまに遊びには来るけど、とシャルルはシニカルに笑う。

昔はしなかった大人びた表情も、今のシャルルには似合っている。

「僕はリーナの親友だけど、運命じゃない。だからいつもそばにいるわけじゃない。アンリまでいなくなったら、寂しがり屋のリーナは泣いちゃうね。賭けてもいい」

図星なことを言われて多少むくれた私の横で、あ、とシャルルが小さく声をあげた。

「噂(うわさ)をすれば、……アンリからだ」

シャルルは己の石版(タブレット)を覗(のぞ)き込んだ。そして、アンリと何やら小声で話しながら部屋に戻る。

「アンリが、リーナの部屋に万年筆を忘れたって。ルトが迎えに行くから、持ってきてほしいってさ」

シャルルの言う通り、アンリのドラゴンが私の部屋に戻ってきた。シャルルは私に万年筆を押しつけると、行ってらっしゃい、と片目をつむって私をルトに半ば強引に騎乗させる。

『リーナがいくのぉ？　わーい！　アンリとよるのデートだね！』

忘れ物を届けに行くだけよ、と私は言い訳して、何度か訪れたことのある領主屋敷の、アンリの部屋のベランダに舞い降りた。

コツコツと窓を叩くと、現れたのはアンリではなくジュリアンだった。

「おや、忘れ物はシャルル君ではなく、リーナが持ってきてくれたんですね？」

「はい、この万年筆。渡したらすぐ帰ろうかな、と……」

私はなんだか、もごもごと言い訳がましくなる。ジュリアンは何を思ったか、背後に視線を向けて、「しぃ」と言いながら、口元に指をあてた。

「アンリ様が珍しく机でうたた寝していらして、起こすのもお可哀想で。少し隣に座って、待っていていただけますか？」

私は、えっ？　と思わず身を引くと、ジュリアンは悪戯っぽく笑う。

「冷たいお茶を淹れてきます。暑い中飛んでこられたんですから、休憩してください」

　私が室内に足を踏み入れると、アンリは山積みになった書類の二つの山の間で、突っ伏して寝ていた。

「アンリ、忙しいのね？　いつものこと？」

「仕事を放置して貴女の家に行くのは許しませんよ、と私がうるさく言うのでね。完璧に仕事もこなそうと、無理をしているみたいです」

　ぐ、と私が言葉を呑み込むと、ジュリアンはくすくすと微笑む。

「アンリ様が過労で倒れないよう、たまには遊びに来てください、リーナ。アンガスにいる間は、アンリ様の恋路の邪魔はしませんので。邪魔しませんよ……いる間はね？」

　では、と年齢不詳のクォーターエルフの青年貴族は退室した。

　私は無言で、アンリのそばの椅子に座る。万年筆を置いて帰りたいような。もう少し、眺めていたいような。腕の間から覗くアンリの横顔には、疲労の色がある。

　時計の針がゆっくりと優しく夜の闇を刻んでいくのを聞きながら、私はぼやいた。

「……そんなに無理しなくてもいいのに。私は呼べば来るんだから、いつだって」

　その声に反応したのか、アンリががばっと上半身を起こす。

「――！　ジュリアン、俺はどれくらい寝ていた？　……って、リーナ？」

ぱちくりと目を開けたアンリが私を見つけて驚く。

私は万年筆を差し出して、幼馴染の髪に触れた。

「寝ぐせがついてるよ？　はい、忘れ物」

「……ありがとう、リーナ……。シャルルが来るとばかり」

アンリは決まり悪げに衣服を正して、それから髪に手をやった。

「アンリが不機嫌なまま帰っちゃったのが、気になって」

幼馴染はコホンと咳払いをした。

「いいよ。俺が大人げないだけだから」

私が笑うと、アンリがひどいなと口を曲げた。

「……シャルルが今度の休みに、家具を買いに行くって」

アンリが仕方ないな、という顔をしたので、私は窓越しに見える綺麗な月を仰ぎながら、できるだけ素っ気なく言葉を紡ぐ。

「アンリも寝袋を買って、たまに僕の部屋に泊まれば？　って。シャルルからの伝言」

私は青紫の瞳から目を逸らして、なおも早口で言い募る。

「私も領主様の屋敷に……アンリの家に、遊びに来るから、毎日無理して来なくてもいいよ。けど、時々はジュリアンの目を盗んで、私たちの家にも来てよ。三人で昔みたいに過ごせる時間は、そう多くないし」

「多くない？」

　アンリの問いに、私は先程のシャルルのセリフを、かいつまんで話した。たぶん、シャルルは近い将来、どこかに行くだろう。これからも親友だけど、彼のそばにいるのは私じゃなく、私がずっとそばにいてほしいのもシャルルじゃない。

　たぶん、それは……。深く考えそうになって、私は慌てて首を振った。

「どうかしたか、リーナ？」

「ん！　なんでもない！」

　私の反応に首を傾げながら、アンリはまあいいか、と私と同じ方向の月を眺めた。

「シャルルが旅に出たら、……リーナは寂しくて泣くだろうし」

「泣かないよ」

「――いいや、泣くね。そのときは俺が朝まで慰めてやるから、安心していいぞ」

　自信たっぷりの口調に、私は苦笑した。

「リーナが心細いときは、いつでもそばにいるから」

　惜しげもなく、私の欲しい言葉をアンリがくれるから。

　私はいつもみたいに呆れながらも、やっぱり照れてしまう。少し考えたけど、ちょっとだけ素直になってみることにした。

「そうだね。——寂しいときは、そばにいて、今みたいに笑っていてね」

私が小さく呟くと、任せろと笑みを浮かべたアンリは私の隙をついて、目じりに素早くキスを降らせた。

RC
Regina COMICS
緑の魔法と香りの使い手
1
原作◉ Megu Toki
兎希メグ
漫画◉ Mamezo
まめぞう
大好評発売中!
アルファポリスWebサイトにて好評連載中!
待望のコミカライズ!
ハーブ好きな女子大生の美鈴は、ある日気づくと緑豊かな森にいた。そこはなんと、魔力と魔物が存在する異世界!　魔物に襲われそうになった彼女を助けてくれたのは、狩人のアレックスだった。
美鈴はお礼に彼のケガの手当てを申し出る。
ハーブを使って湿布をすると、呪いで動かなくなっていた彼の腕がたちまち動くようになり……!?
転生薬師、大活躍!!
女神様にもらった最強スキルで世界中を癒やします

RC
Regina
COMICS
令嬢は
まったりを
ご所望。
1~2

新感覚ファンタジー
RB レジーナ文庫

助けてくれたのは、野獣な団長様！

私は言祝の神子らしい 1～2

矢島汐　イラスト：和虎

価格：本体 640 円＋税

異世界トリップして何故か身についた、願いを叶えるという“言祝(ことほぎ)の力”狙いの悪者に監禁されている巴(ともえ)。「お願い、助けて」そう切に祈っていたら、超絶男前の騎士団長が助けに来てくれた！　しかも「惚れた」とプロポーズまでされてしまう!!　驚きつつも、喜んでその申し出を受けることにして……

詳しくは公式サイトにてご確認ください

https://www.regina-books.com/

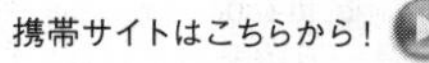
携帯サイトはこちらから！

本書は、2019年7月当社より単行本として刊行されたものに書き下ろしを加えて文庫化したものです。


この作品に対する皆様のご意見・ご感想をお待ちしております。

おハガキ・お手紙は以下の宛先にお送りください。

【宛先】

〒150-6008 東京都渋谷区恵比寿4-20-3 恵比寿ｶﾞｰﾃﾞﾝﾌﾟﾚｲｽﾀﾜｰ 8F
（株）アルファポリス　書籍感想係

メールフォームでのご意見・ご感想は右のＱＲコードから、
あるいは以下のワードで検索をかけてください。

アルファポリス　書籍の感想　検索

ご感想はこちらから

レジーナ文庫

追放された最強聖女は、街でスローライフを送りたい！２

やしろ慧

2020年10月20日初版発行

文庫編集－斧木悠子・宮田可南子
編集長－太田鉄平
発行者－梶本雄介
発行所－株式会社アルファポリス
〒150-6008 東京都渋谷区恵比寿4-20-3 恵比寿ｶﾞｰﾃﾞﾝﾌﾟﾚｲｽﾀﾜｰ8階
TEL 03-6277-1601（営業）　03-6277-1602（編集）
URL https://www.alphapolis.co.jp/
発売元－株式会社星雲社（共同出版社・流通責任出版社）
〒112-0005 東京都文京区水道1-3-30
TEL 03-3868-3275
装丁・本文イラスト－おの秋人
装丁デザイン－ansyyqdesign
印刷－株式会社暁印刷

価格はカバーに表示されてあります。

落丁乱丁の場合はアルファポリスまでご連絡ください。

送料は小社負担でお取り替えします。


ISBN978-4-434-27980-5 C0193